当代作家精品·散文卷　主编　凌翔

山河远阔　花木倾城

酒慧慧　著

民主与建设出版社
·北京·

图书在版编目 (CIP) 数据

山河远阔　花木倾城 / 酒慧慧著 . -- 北京：民主
与建设出版社，2022.7
ISBN 978-7-5139-3900-3

Ⅰ.①山… Ⅱ.①酒… Ⅲ.①散文集－中国－当代
Ⅳ.① I267

中国版本图书馆 CIP 数据核字（2022）第 120540 号

山河远阔　花木倾城
SHANHE YUANKUO HUAMU QINGCHENG

著　　者	酒慧慧	
责任编辑	周佩芳	
出版发行	民主与建设出版社有限责任公司	
电　　话	（010）59417747　59419778	
社　　址	北京市海淀区西三环中路 10 号望海楼 E 座 7 层	
邮　　编	100142	
印　　刷	三河市同力彩印有限公司	
版　　次	2022 年 7 月第 1 版	
印　　次	2022 年 9 月第 1 次印刷	
开　　本	710 毫米 ×1000 毫米　　　1/16	
印　　张	14.5	
字　　数	200 千字	
书　　号	ISBN 978-7-5139-3900-3	
定　　价	59.80 元	

注：如有印、装质量问题，请与出版社联系。

自序

我心里住着的辽阔和巍峨，是山路十八弯以后抵达的泸沽湖，是穿越云层后看见的长白山，是凌晨两点在火车上横跨的万里长江，当然，也可以是举足可达的济源的王屋山和万阳湖。

我心里住着的温柔和清浅，是武汉大学校园里的樱花，是信阳南湾湖林间的深绿，是落在乌镇水上的雨滴荡起的涟漪，是上班路上途经的蜀葵，是女儿口中的雨后"池塘"。

提笔天涯，落笔烟火。嫣然轻盈，笃定从容。我想做内心住着花木，眉目间又看得见山河的人。如此，心中有温柔，下笔有大气。

我喜欢与花木对话，也喜欢在山河前静默。我希望看到每个事物的内在，我想把每一次等待都赋予我想要的婉转轻灵。

我也曾在面对内心的孤独和自我否定时不知所措。所幸，阅读和自我修行是自己送给自己最好的礼物，可温润心灵、洞察一生。所幸，渐渐悟到，所谓自我否定源自内心不够丰盈，自我认可的缺失几乎等同于自我放弃。所以，要在以后的岁月里认可孤独、享受孤独、相信孤独，如此，方能与更喜悦的世界和自己相逢。梭罗在《瓦尔登湖》里说："如果你欢快地迎来了白天和黑夜，生活像鲜花和香草一样芳香，而且更有弹性，更加繁星，更加不朽，那就是你的成功。"此话深入我心。是的，我想要的成功是每一天都喜悦前行。眉间铺满的温柔凝结着对世界的宠爱，历经的尘埃会被美好心、清浅意——涤去。

悟到的、入心的事物都会用文字记录，凝练成长长短短的句子或诗行，飘盈在眼前，在此间片刻沉醉，也在这些字里行间觉醒，迎接扑面而来的世界和真正的自己。

写作时，常常感动于自己怎么会对一些微小细致的事物或细节铭记于心，形成文字的过程中会再次体会到这些细节背后的深意，像翻过一座山，看到的都是之前未曾领略的风景。所以每当再去观察一棵树和一朵花的时候都会带着思索，用心感触，才会记得柳树何时长出嫩芽，才会为人的情绪植入花木的情意。

文字与心的敏感互相反哺，美好与温暖循环往复，是我送给世界和自我的"复利叠加"。

因为，山河如此远阔，花木早已倾城。

酒慧慧

2021 年 1 月

目　录

第一辑　在花朵最美的名字上百转千回

字如花木　002

把春天走成诗经　004

樱花樱花等等我　006

在花朵最美的名字上百转千回　008

以年年春风，笑对匆匆过客　010

云朵是端坐的禅　012

看，光影在讲故事　014

自在喜悦即是安然状态　016

绿来心上静　018

在平静里旅行　020

第二辑　只为遇见更好的自己

只为遇见更好的自己　024

去披荆斩棘，去成全热望　026

纯棉的时光，纯良的爱　028

深夜聆听乐声　030

微醺　032

歌尽桃花扇底风　034

在音乐里，让自己被唤醒　036

当我的诗情遇上你的画意　038

我有相机，你有故事吗　041

我送给世界的"特别的时光"　043

以庄子的名义享受美食　045

清煮生活，炭烧幸福　047

以味怀念　050

美味莲心　052

张扣扣，我多希望你学会告别　054

愿我以素为美，不负你笑颜而归　056

回忆里的 6 个小时　058

爱他你就装装傻　061

不问归途，不要落幕　063

我们都曾给过彼此一颗完整的花蕊　065

比暧昧美的距离　067

戒指的秘密　069

相信还有童话　071

我在远方，思君如常　073

旗袍是心灵的语言　075

微微一笑　078

等你着墨，等的是丰盈又有趣的灵魂　080

第三辑　你把心情停靠在哪个城市

看山绝色，看花倾城　084

紫薇花盛槐清扬　086

锦水汤汤　眷眷不去　088

济源：一座让人停靠梦想和心情的城市　090

我把心情停靠在这个城市　092

漫倚斜阳，不怨晚秋　095

一树花开，满城清雅　098

一座飞奔的山　101

世界越来越近　103

站在山端看海　105

黑暗就是他的盛宴　107

摘一片红叶与你喜悦相逢　109

秋天的跑步机　111

微笑着笃定，轻盈着前行　113

梦里来到花果山　115

黄河黄，黄河蓝　117

琉璃胄　119

古诗词里访济源　121

那些未曾抵达的旅途　123

你把心情停靠在哪个城市　125

我来西塘看过你　127

我在乌镇把玫瑰坐成莲　130

我的心里住着一个云南　132

第四辑　你给的温柔像花瓣落在左手上

爱与美的互赠　136

不停陪我"折腾"的老爸　142

"向日葵女孩"的共同特质　144

我是两个舅舅和舅妈的"粉丝"　150

秦姐：一个在世间种花修篱却毫不自知的人　155

再相逢，你还是从前那个少年　159

谢谢你，我的向日葵女孩　163

你给的温柔像花瓣落在左手上　167

我们都收下了你送出的"心里的小女孩"　171

看暖心的书，做喜悦的人　174

借你的怀抱练习拥吻　177

一次迟到了 20 年的记忆提醒　180

织锦和撒沙：精致和浪漫在她们这里同步　183

有钱人真是个贪心的家伙　185

第五辑　孩子的话，常常如诗

我想当她们的姐姐　190

愿你用玲珑心过凉薄岁月　192

瓷碗里盛书　194

书藏时光，一路拾香　196

愿你们相亲爱，愿你们多喜悦　199

孩子的话，常常如诗　201

附录　和你一样，真的喜欢

这些年，那些事　206

和你一样，真的喜欢　208

你喜欢写，我喜欢看　211

我眼中的慧慧　214

棉做的时光，染黛墨三分韵　216

你是世间的灿烂阳光　219

后记　221

第一辑　在花朵最美的名字上百转千回

字如花木

　　出门办事，在黄河大道西段一侧遇到几树垂丝海棠，粉裹着白的花瓣，如丝绢一样在微风中轻舞，与之对视，似乎每片花瓣上都写着一行一行字飘过眼前，是雪小禅的"我看花时，花，一定，也在看我"。看着看着就醉了。这春天，是大自然对人类的赏赐和勉励。于年岁的初端让你醉一回，再揣着心里的落英缤纷上路，去拼回一年的四季皆安。痴，是爱花人之间的互相懂得。她的字就像垂丝海棠一样，明妍中又有清冽。

　　该用什么形容汪曾祺老先生的字呢？很多人说他的文字朴素，我却从很多篇章里感受到诗意，比如那段"如果你来访我，我不在，请和我门外的花坐一会儿，它们很温暖，我注视他们很多很多日子了"，扑面而来都是浓浓的深情款款。就像每天上班路上经过的国槐，葱茏繁盛，婉兮清扬，宛若定海神针一样庇佑着每一个路人。夏天过后清风中撒下微雨一样的金黄的小花，铺成一地灿黄。最喜欢去那段路散步，走着走着，所有的烦恼都没有了，心明气净。

　　白音格力的字如樱花，入眼曼妙成海，读来轻轻柔柔，合卷唇齿留

002

蜜。因为他擅长用排比句，文字又极具美感，所以读来就好像眼前铺开规整的花海。每一个字都似在轻盈曼舞，让人的心在花下轻轻漾啊漾，有书合集《与你在最美的词上坐一坐》，书名真是太恰当了，每一个与他的字相逢的人都有在他这里坐出心动的感觉吧。

"白音读美"微杂志公众号上常发秦淮桑的文章，如果用花来对应她的字，我想应该是兰，是墨兰。她就是白音格力说的"身上有天然的草木气息"的人。她让我知道，人与物的缘分和年龄无关。在别人追踪时尚品牌的年龄，她喜欢看山、拍草、写字。字里行间见扎实功底，拍出的照片细微处透着静气。想起一个词"明心见性"，世间，确实有一种灵气与生俱来，用多年的宁静提纯，是喧嚣世界外的一抹清凉。

上班路上遇到，看山途中遇到，花木市场遇到，我遇到各种花木，也遇到各种文字，有的清亮，有的婉约，有的飒飒独立，都从眼睛到心灵给予我养分。我宁愿以为是它在佛前求了五百年长在我必经的路旁，所以认真回馈以珍重和善待。这正合了汪老先生的"世界先爱了我，我不能不爱它"。

与花木与文字的会见，仿佛我在丛林仙境里的漫步，让我的生活于烟火沸腾里升腾起丝丝静气和仙气。

但愿我的字，如篱上朵朵蔷薇，小朵小朵都是喜悦而来，团团簇簇都是会心而笑。

把春天走成诗经

花香如剑，前两个字温柔，后两个字封喉。

在河南才女唐小汐的诗里看到这个词，仿佛眼前有一位白衣胜雪的女子站在梨花树下舞剑，她有晶亮的眸，英气逼人。她为谁舞剑我不知道，只觉得这繁花宠爱了她，她的飒飒英姿又令这春天多么畅快淋漓。

总是觉得世间的美，如果只有温柔，是没有力量的，所以要有一点疼漾在眼底眉尖。如果没有疼，就在眼前放一把剑，辟开花香满径，辟开一整个春天的葱茏。

如果要送一个词给春天，屏幕上无声敲出两个字，是"唤醒"。

脆脆如莺啼，又雨打芭蕉般，击打在心，一声一声，沉寂的眉眼被唤醒，映进光亮，是沉睡了一个冬天后辗转山林间偶闻一曲清笛，轻灵悠扬，霎时云开雾散见月明。

很多花期短暂，三四天到一周，幸好交替铺排、轮番惊艳。

季节有多么盛大，花木有多么隆重，谁予了谁善待，我在时光里，静静，赴一场花事，听一曲高山流水遇知音，赏这春天花香如剑……

是的，能听到，沙沙、簌簌、萧萧……细碎微小的声音组成的交响乐充满力量，花木拔节生长，春雨叮咚润物，落英缤纷飘舞，满目都是葳蕤，满心都是喜悦，满耳都是清脆。我听到春林初盛时她对蝶说很多声：快来！也听到她在落英遍地时对春风说一声：谢了！

每一个冬天都会被春天承接，每一份等待都会遇见爱，每一朵落花都会被深埋，每一份遇见都是岁月的善待。我在这样的匆匆的花开花谢间静默，静候下一个时节交替，心里对每一份美好的遇见说：谢了！

这个时候可以想念任何人，情绪是湿的，心里盛满恩慈，全无任何目的，也能在寻常日子里辟出一份清喜，淌出一方水泽。

点滴，都是花木给予的恩泽。心里住着花木，即便寻常的路也像走在诗经里，一步采薇，一步蔓草，楚楚有致，陶陶自得。

脚下有天上云朵的软，心上有素履倾尘的定。眼不会蒙尘，手永远净澈。我濯洗素手，只握能带来灵魂安宁的物质，对当下有知，对未来有期，不盲从不焦虑，可以鲜衣怒马，也可以素裙布衣，心下存着一份昂贵美好，安然于世间。

最后想以我惯用的问句结尾：春天有花，你有剑吗？

樱花樱花等等我

樱花有多么动人呢？其实无须描绘出来，"樱花"两个字一写在这里就是邀约，是深情，是美好。

每年的这个季节，我们的城市都会有满目樱花将整个城市的浪漫晕染。目光所及皆为美好，身心所处皆为欢喜。世纪广场的樱花是早樱吧，那片浅白是什么时候张扬铺排的？走在树下，有风细丝线般轻拂，天空湛蓝如泼墨的水墨画，树下不停有花瓣随风飞舞，长椅无人，适宜落座。可是我未敢，生怕这一坐，就坐停了时间。

此景曼妙，此时无声，2020 年 3 月，我们的城市小心翼翼，整个樱花林孤单幽寂。我一个人，寂寞而惬意地走过，耳边的风清新如涓涓溪流，叮咚叮咚曼妙成音符，在我耳边弹奏出一曲《春野》，风轻云淡，清纯自然。

有工作人员不停巡逻，阳光又热烈，于是觉得罢了罢了，走吧走吧，这一场与樱花的相遇只能浅浅而过。此刻真羡慕树下的那片清新碧绿，无须索取便可轻易获得风的呢喃、花的陪伴，更难得的是，年年都能饮到"樱花酿"。

从这片如画描绘的湛蓝时空路过，一言未发，对于美好的景致和事物，去相遇，去记录，去典存，是我乐此不疲的事。互相懂得，语言一出口就觉得轻浅；如若不懂，说得再多只能惊扰了原有的情分。敲在电脑上的字成为写给自己的情书，仅仅作为记录。若有人来翻阅我的心情，留下会心的笑就足够。

我心安处，年华静好。落花飘盈，来年还开。将来会有更多感动持续泛滥，我们还有很长的以后。

春天摆好了樱花宴，春风吹来了百草仙，我不来，你怎敢老？

在花朵最美的名字上百转千回

写过一个故事《芙蕖花只在六月开》，很多人问什么是芙蕖花，科普一下，居然是荷花，比世人经常叫的莲还要好听。

相比中规中矩的花卉本名，更喜欢各种花那些不为人熟知的、绰约的别名。

桂花的别名叫九里香、木樨。九里香，写出来就似乎闻到有香气飘浮了很远，然后有香气在字的空隙间氤氲绵延，眼前的书，还有翻书的手指都跟着泛香。

桂花又以木樨的名义自顾自香了多少年呢?《红楼梦》第八十七回中黛玉说："好像木樨香。"朱敦儒有词《菩萨蛮》："新窨木樨沉，香迟斗帐深。"龚自珍更是会在"木樨风外等秋潮"。若你与我同行在秋风中，我一定笑说一句"来闻木樨呀"，然后不理怔怔发愣的你，自顾闻香去……

蔷薇也有别名，叫蔷蘼。蔷薇开起来，单朵和多枝连缀成片，笼在架子上，开在眼里，满在心里。微博上看到一句，写蔷薇架里掩着一丛白色小花，说"好似白月光落胭脂井"，心倏忽一下子就坠进一汪深潭，幽幽然寂寂然……

芍药另外一个最为人熟知的名字是将离。是谁将要离开了吗，是那个人和故事，还是心境？其实，很羡慕很多人可以活得通透，不纠结于某个词的字面含义。就像《半山文集》里说"要离开的人会有各种理由，想陪你的人赶都赶不走"。无论是喜欢花还是喜欢别的物质，只需要用清朗的心来汲取它能带来的正能量。又想到很久以前一个女友讲的故事，说端午节收到一份朋友送的粽子，想到谐音"终止"无端烦闷了很久，事过境迁觉得当时很是好笑。

说起某种花的时候为什么不挑一个最美的名字呢？给水仙花叫凌波仙子，不是更仙吗？又为什么不给玫瑰叫徘徊花，不给垂丝海棠叫醉美人……想了很久我终于知道了，一定是怕花美翻了春泥，又怕看花的人醉得找不到回家的路……

赏花的时候浅笑或迷醉，倚在花上的心嫣然轻盈，生在花上的词更是生出无限玲珑。喜欢那些花，也喜欢那些词，更喜欢那些嵌在花瓣脉络里的素心情、锦时光。

所以用花名给自己起各种昵称，给孩子用自认为最有深意的字当名字。这一生，与花朵遇见，也在花朵最美的名字上百转千回。用最美的名字让淡漠的世界变得深情而馥郁，把每一份惊慌遇见和用力前行，慢捻成在一朵莲上隔岸观火，于一树木槿下步步生香，若一池凌波仙子，轻盈远尘。

以年年春风，笑对匆匆过客

总有一些时候，喜欢蜷在柔软的沙发里翻翻诗词，时光闲淡，岁月悠远，遍寻诗中豪气。

很喜欢《新城道中》："东风知我欲山行，吹断檐间积雨声。岭上晴云披絮帽，树头初日挂铜钲。野桃含笑竹篱短，溪柳自摇沙水清。西崦人家应最乐，煮芹烧笋饷春耕。"岭上的云像顶棉帽，枝头的太阳像只铜钲，田野里野桃含笑，路边柳条摇曳，草木也是那样欢快自得。田头春耕正忙，从村边的人家里传出芹笋的香味，人间犹如桃源。大自然是那么善解人意，苏轼心情愉悦，谐趣而快乐。此为欢快欣然。

诗中自有豪气冲天的，不外乎黄巢，如"待到秋来九月八，我花开后百花杀。冲天香阵透长安，满城尽带黄金甲"。

还有李白的诗一向抒情色彩十分浓烈，感情的表达排山倒海、熠熠生辉。他入京求官时，"仰天大笑出门去，我辈岂是蓬蒿人"；想念长安时，"狂风吹我心，西挂咸阳树"；"安能摧眉折腰事权贵，使我不得开心颜"格调高绝，气象阔大，非常富有感染力。李白关心时局，一心报国，却又清高冷傲，对官府的种种行为不齿，一生孤单落寞，与夫人聚少离多。尤其是在一生的最后几年中，穷愁潦倒，生活十分凄凉。永王被肃宗的军队消灭后，李白也因此获罪，被捕入狱，流放夜郎。他心情沉重，有"夜郎万里道，西上令人老"为证。经历 15 个月的流放行至巫山时，遇到朝廷大赦，李白才重新获得自由。上元二年，当东南地区战事又告吃紧，朝廷派李光弼出镇临淮时，61 岁高龄的李白，仍不肯放弃这最后的报国机会，打算赶往临淮，参加李光弼的军队。可惜他走到半路就病倒了，未能如愿。第二年，李白在安徽当涂与世长辞。"一泓清可沁诗脾，冷暖年来只自知。"他从不使奴唤仆，却自有小鹿背书送酒，真真是竹叶杯中，吟风弄月，躲离了万丈红尘。他的心，明如清露，最终却只能无可奈何花落去，真是千古一笑，凝眸处，又添一段新愁。

而"酒入豪肠，七分酿成了月光，余下的三分啸成剑气，绣口一吐就半个盛唐""凡你醉处，你说过，皆非他乡"是余光中对李白的解读，也是现代以来最为大气从容、荡气回肠的诗句。

那些过去的朝代更迭残忍凄冷，诗词却真纯自然、爽朗清新，能一洗市井中的浊气。而我只在官宦公侯们堂前的轻歌曼舞背后，看到一颗颗寂寞的心，保持了心灵的真诚和天性的狂放。我常想，人生应如诗，藏头收尾，逆锋起笔，方见得处处有精彩。

所有嗔痴癫怜，由来只是寻常景象，心中愉悦，不悲哀、无怨尤，胸怀坦荡，平常而自然。合卷而眠，阳光正好。而我应以年年春风，笑对匆匆过客。

云朵是端坐的禅

秋，无花可伴眠。

冬，无雪可烹茶。

露珠叫醒花朵的梦，旧事不再提，光阴已斑驳。总有一些瞬间，心事落进清亮亮的眉眼，微微荡漾，深深明了。

旧时光是个美人，故事里的事有很多版本，光阴行进的步履又藏了多少遇见。曾经以为的远方，转山转水又回到原点。

一程欢喜，经历千山万水的守望，以从容的姿态抵达岁月静好烟火本真，表面简朴，内里素帛锦织，待到天清地宁，都是上天璀璨馥郁的馈赠。

时间给予的甜在回忆里加分，三分喜悦，七分则满。

岁月给予的苦约好浅尝辄止，与故事里的事握手言和，泪眼问花花不语，轻舟已过万重山。

生命从初冬的泥泞翻到繁花盛开的章节，回归到愿望朴素，生活的质地渐次清澈澄明，山高水阔。

我多希望有闲斟一杯酒听你讲故事，让风歇，让雨住，让微笑和往事道别，所有的坏情绪都不是虚度，放低到尘埃里的妥协，是对往后余生的深情厚爱。从此时光沉香，清远绵长。

　　我多希望有闲寻访春写的诗，荠菜、青草……山寺桃花始盛开，谁把希望织成花瓣朵朵，于我必经的路旁一路殷勤撒播？宛如迷茫前行时辗转山林间偶闻一曲清笛，轻灵悠扬，霎时云开雾散见月明。

　　茶罐里铺满茶，从晨曦到暮霭，都是好时光。酒坛里装满酒，安宁清朗的心都是完满丰盈。就像，风吻了樱花瓣下了一场樱花雨，这是春天摆的宴啊，等你赴约。你来，盈盈入画，便是于岁月不将就，于深情不辜负。

　　这袭人的花气，待落在岁月深处时，朵朵都是轻盈，朵朵都是情深。

　　可否，学会对过往不深究？一路披荆斩棘，兵来将挡、水来土掩。故事送给你我的礼物，就是懂得用欢欣喜悦的小幸福守望春风，于花草郑重相待，于得失冷静自持。

　　心事说得多了，心就丢了。路走得远了，山水无声。

　　他们说真源无味，真水无香；我喜欢的秋天丰硕沉稳不喧闹。

　　只爱，端然立于世间，于温和含蓄间断舍离，于不可言说间自体会，只为遇见更好的自己。

　　月光叫醒了挂在树梢上的梦，云朵是端坐的禅。

看，光影在讲故事

　　漠河岸边繁花簇簇是在讲述一个情意盎然的故事吗？碧绿的水面又沉淹了多少湿漉漉的思绪呢？春天的花每一处都会有一个瞬间定格，成为记忆中的永恒。我总是在这样的花事里怅惘，回首凝眸，寻觅一个温柔的栖息之所在。是否，偶尔换一个角度去欣赏，往往比风景本身更让人悸动呢？这地上的光影变幻像是在写一个个神秘的故事，充满了幽微的奇异的力量，吸引了我的目光。我俯下来仔细看每一个线条的组合、每一处光斑的疏离，看着看着，就会有点目眩神迷，像此刻的心情，找不到出口。

　　路灯如果是一个人，我想他肯定是个睿智又淡然的老者，因为他看尽了悲欢，装满了包容。每天来来往往的脚步有多少疲惫他尽收眼底，急行慢走的脸上有多少故事他不八卦不传谣只给你温暖守候。他对阳光不语，对黑夜深情。间隔 15 米的距离隔开了相守，也拉长了身影。他如知己，如长辈，我们都用尽他的温暖，独独没有想过留给他什么。来了又走，只有他执着矗立，与对岸的繁花相望于漠河，与所有的悲欢相忘于江湖。

橘子有一张金灿灿的笑脸，然而当脱离队伍成为一家之私有的时候，就会写一个从欣喜到孤单落寞的故事。最初被拿起被珍视被深爱被安然盛放的时候，谁没有双眼喜悦心藏小鹿呢？然而当它发现自己只能独自发呆，只能待在角落里自言自语的时候，透过窗来看望它的阳光也那么颓丧，也只能让它显得越来越孤单，最终以悲伤收尾。这，让人有点想哭。

每天观察光影的变化像一个清幽的秘密，让我于安静的时光里享受内心的昌盛丰盈。这，又是一个令人雀跃的秘密，总是在心里按捺不住，时刻想跳出来，好吧好吧，赶紧写下来。本来以为写下来就会守住它，但还是挡不住它继续蔓延生长……在我未曾到达的山川、公园、沙漠、湖海，还有多少光影在写什么样的故事呢？我想，应该是固执守约的四季里的落英缤纷，应该是情深缘浅的岁月里的柔肠百转。

而我，只想在深情对视后，从容抵达我的清宁与朗阔。

自在喜悦即是安然状态

近来寒暑无常，希自珍慰。克里希那穆提说："如果你的心能安静下来，是不是比任何一种回答都要好？如果你的心能安静下来，就会有爱与美——它在你的内心深处。如果你拥有了它，就不需要提出任何问题了。"

"我从很小的时候就开始找瓢虫，找了很久一只都找不到，我累了，便躺在草坪上睡着了，当我醒来的时候我的全身却爬满了瓢虫。"电影《托斯卡那艳阳下》的女主人公的独白，耐人寻味。

自在喜悦即是安然状态，当你的心真正安静下来，收获于不经意间来临，快乐如瓢虫。

曾在瑞丽杂志六年的宋鹃娓娓道来她创办的杂志《安》的理念，慢品生活之美，大抵是真的不符合多数人的品味的，我却真真喜欢。

这无意中契合了我一直以来关于生活状态的理念，让我在这个盛大的夏日里觉得欢喜。

自在喜悦即是安然状态。曾经有一段忙碌的时期，好久不能睡一个好觉，好久不能好好地吃一顿饭，说起来有点悲哀，但是这段时间我确实处在一个混乱的生活状态中。每天思考无数个问题，直到脑子缺氧，表情发木，偏头痛自然也少不了。

慢慢地品尝午餐，享受午后阳光的温暖的日子似乎已经记不清，好像总在工作，总在打电话，思考问题，跑来跑去。一片面包、一块巧克力、两个玉米，经常成为我一天的食物，新买不久的衣服大了一个尺寸。我在过着乱七八糟的生活，精力在不断地透支着。

我需要花点时间来打理自己、梳理心情，尽享一份安恬。对家人、对朋友、对工作，我需要用一种包容的心态去面对……健康、活力以及一种知足的心态就是成功，应该也是拥有和把握幸福的能力。其实，这是每个人都希望到达的成功。

自在喜悦即是安然状态，安恬、安静、安稳、安心、安宁……我托着腮，脑子里蹦出很多有关"安"的词语，想着，如若有一天，我能参透这些词的真谛，那么，我便可以拥有 Ivy Chen（日本导演岩井俊二的剧照摄影师）那样的眼神了，双眸清澈，安然的微笑，夏天清凉，冬天温暖。

绿来心上静

若问最难忘哪里的山和绿，远行不多的我会答，是信阳南湾湖鸟岛上的绿林。

南湾湖的湖面是浩瀚碧绿的，烟波浩渺中，船在水上行，倚在船上看风景的人，穿过一场岁月的航行，抵达一座岛上的葳蕤满目，收敛风雨，抵达内心的幽静。

沿着岛上的台阶走，浅绿、深绿、墨绿的各种植物叶子抚过裙衫，数不清的碧苔时不时染上鞋子，在白色的鞋面上印下如烟如雾的一丝草绿，有濡湿的草木味。

抬头，渐次转暗的光从树影中渲染下来，是仙境吗？似逢着一位携着一簇绿杨烟从诗里袅娜而来的佳人，缥缈漫过浩浩碧波，盈盈而落。

也逢着一路招展着往我衣上跳的红的紫的小花，在满目的绿色中给这岛化了个胭脂妆。

山风簌簌，时光清浅……很多植物起初探出一点点浅绿，把春天唤醒，赠我花开倾城，零落成泥后交给叶子厚实郑重的碧绿，到整株都黄绿时，我眼里的喜乐也如花的一生落下帷幕，归于寂静。

写这样的词，宛如盛夏里给自己一场雪，清凉我心。我不敢呵气，怕予了一丝暖意，便把它给我的惊艳一触即化。

这一阕词轻吟许久以后，任由光阴默默不语，我一直以为那是时光在写着它的另一个名字叫作忘记。为了遗忘，我只用不眠不休的姿势等待着眉目间嵌入流萤般的神采，额上雕出碧色的痕，坠进帘下深深的梦。

该告别了，黛青的烟雨中与岸上的朴秀丛林渐行渐远，不如将船开到红尘之外，临山闻莺，溪畔画水，绿一来心上就静了。我窗前的帘啊，如今由山间的竹叶采编，叫你再说禁不得风吹，惹不起相思。

在平静里旅行

　　银杏叶的舞蹈从初秋旋转到初冬，它们的编舞应该是十分有耐心的，你看光是演员的出场、回旋就可以这么久，久得让你只沉浸在时间里，而忘却了询问意义。这个编舞也是偏心的，以至于最初亮相的比最后落下的，少沐浴太多阳光。

　　我碎碎的脚步落到公园的草地上，落叶吸足了初冬的雨和露，变得潮湿。有的一半身子已经潜入泥土，裸在草叶上的一半身子静静地听着虫鸣和风声，等着伙伴的降临。它会把已经被承接的故事告诉它的伙伴吗？我想应该不会，越来越有分量的它不会像一个流浪的人那样喋喋不休。

　　我的脚步走上去的时候，再也听不到以前踩在红叶上的那种沙沙的声音，只有被柔软和蓬松接纳包容的感觉。仿佛这一刻把天上的云踩在了脚下，又仿佛在这一场不知名的奔赴里沉醉不知归路……

　　走着走着，我看到一大片紫花地丁。大朵大朵的绿色叶瓣重叠铺开，在眼前铺出一方绿野。这是什么神仙景象！超出了我所有的期待。就像一个背着你悄悄惊艳的姑娘，你以为她会蓬头垢面，但她却以清鲜飒爽的样子亮相。在冬天凉凉的雨里风里，她倔强地昂着头，任你打量来打量去，她都不卑不亢、挺拔屹立。

平静和喜悦越盈越满。我看着这样清新的绿，心里只有平静和喜悦。平静的是那满眼的绿在灰蒙蒙的天空下，引我穿过湿答答的原木小径通向心中的寂静，每一步前行里与风与叶互为观照，照见自己内心的端然自持。喜悦的是从"地冷叶先尽，谷寒云不行"到"春光扫地尽，碧叶成黄泥"，诗句未及处，山水驮春来。

如叶，仍然在风中轻舞的未必都是不愿意告别的；如人，仍然在梦里出现的未必都是扯不断的。真正的平静只交付给懂得在舞尽最后一丝力气以后仍然深情爱着自己的生命。

第二辑　只为遇见更好的自己

只为遇见更好的自己

七月寻莲，莲在池中，安在心间。

夏日访花，花开如禅，香过指尖。

如若能够花为禅、心如莲，你的心便不会再戚戚于时光流逝，因为你能够找到坚持下去的力量，保持微笑前行。

人生，应该还有多么美好的前路在等待你去探寻，值得你勇往直前、努力实践。走过的路，看过的花，令人心生欢喜的事物，流着月光的夜，飘着雨的清晨，都会成为心上的眷恋。

瑜伽让人习惯了微微提起嘴角轻轻浅笑，瑜伽让人觉得走在盛夏仍然心存微凉。这样的心情，令光阴也有了诗意，令阳光和微风的存在都只为点缀这颗心。

因为瑜伽，热闹的时光变得宛如琥珀般美好。

因为瑜伽，那些转瞬即逝的感觉与记忆，会变得动人而弥长，蓦然让人低眉浅笑，失却了言语。

庄子说，调息予人以力量、活力、灵感和不可思议的能量。瑜伽里常常有闭目调息的练习。凝止的冥思和带着全然意识的呼吸练习让人在忘我后自省与清醒。所以觉得禅是一种凝望，瑜伽是一种懂得。懂得以烟火的姿态观望世间悲喜，然后走过开满莲花的河堤，在青山下绿草上鲜花旁，拈起手指，以智慧的姿态，活在当下，修在今生。

一花一世界，一树一菩提。每个女子的心里都有一朵曼妙的花婉约开放。或许经历过一丝缺憾，所以，更懂得适意与清醒自持。

一杯茶里盛满了放下，一棵树叫菩提不染尘埃，花明总是藏在柳暗处，瓣瓣雪花落下实则满载希望，人生处处充满奇迹。素年有情，锦时呢喃，安然于每一刻，时光尚好，光线明媚，情意盎然。想要忘记的那些爱或恨仍然在心里悄悄起舞，可是没有恐惧，只有无畏。前行路上，记忆储物间里有时光这个称职的管家，有化虚无为神奇的神仙妙指，自然会找到合适的位置妥帖安放。如若彼时，所有嗔痴忧怨会如惊鸿掠水，碧波无痕。

整个四季，安之若素。

许下期盼，微笑向暖。

感谢总是给我勇气、给我笑容的瑜伽老师们，感谢你们给过我安宁守候。

每个女子都应该有禅的平常心，不失人生进取意。手执青秧种下万里福田，低头便见水中倒映着宽阔辽远。如此慢慢地积聚功德，人生便能渐渐地圆满。

每个女子都应该有一颗慧心去开启生命的玲珑，获得智慧的人生。

内心安宁，喜悦常在。

去披荆斩棘，去成全热望

七月这么悲伤，天灾和意外频频。我们说着应该悲悯，又觉得活着艰难；我们说着要在出门时和家人拥抱，又频频因为琐事代之以焦躁和冷漠。与生活和解、与自己和解都是每个人执着一生的事。面对外界的意外因素，不管有没有力量，都得去寻找内心深处的温软和澄澈，如此，才能把人世凛冽悟成大气磅礴。

工作按部就班，高温让来回的路程匆忙，很少再驻足看花。眼里温柔不减，是因为春天看过的花早已收拢于心。花木在我的眼前倾城以后，又在我的记忆里飘盈。还能说这个世界不美好吗？

"如果写作仅仅是停留在天分灵气才情技巧手法的层面上，那它永远到不了道的层面。人应该在喧闹之中，有一种定力和张力，但不张扬。文字亦如是。"

就着作家露茜女子《愿你心有远山，安于当下》里的文字，和志霞姐、多多姐展开讨论。结果是写出的字每一篇都不可能收获完全一样的喜欢。我想要盈盈一笑，也想要张弛有度。总是思索太多，所以看起来不快乐，当然，只是看起来而已。其实，我在乐此不疲地继续小时候用沙子建筑城堡的游戏，只不过把沙子换成了文字。

偶尔学习做一些生活中的唯美视频，审美通过挑选音乐、写文案，删繁就简一点点改变，我追逐了很久的"快"和"满"，如今被"留白"两个字慢慢消解。竟然开始有朋友交流制作心得，也有人问可否帮他们创作推广方案。在没有明确目标时做的一些事，这是突然降临的一些意料之外的收获吧。

喜欢与两个小朋友对话。听小玉米说，张开嘴巴吹风，就可以吹干眼泪。听小豌豆说，西瓜瓢上有小脚印，是姐姐的吗？每次看到她们把布娃娃排成一排，用我的披肩当被子，就觉得人间温暖。

习惯了没有方向的时候去阅读。一些字喜欢了，就是自己想要的方向；一些字越看越迷茫了，就暂且搁置。总会有一些字突然让人热泪盈眶，总会有一些字让人嘴角上扬。像个小孩子一样，在无人看到的角落都会自己笑，才是自己真正逢着了内心清亮的自己。但是从来没有一本书能够让我放弃意志，当一个人想飞的时候，满世界都能寻到翅膀。

最近有句话铺满屏幕："时间不说话，却会回答一切问题。"所以，告诉自己不要再追问，尽管出发，去披荆斩棘，去踏碎星河，去绽放光芒，去成全热望，去迎来人生的繁盛和葳蕤。

总有一些吉光片羽为你闪耀，只等你航海梯山，揽星入怀。

纯棉的时光，纯良的爱

素手纤裳，一见如故。布衣道人心，纤罗藏玄机。

棉麻服饰习惯在素雅里束心，又常常会采用张扬的颜色，似乎不尽情就不会罢休。其实服装设计师最灵透，早早参透人生真谛，生命有时候需要张扬铺排，且不失内敛。衣上常常会有错综的盘扣，暗嵌了多少浓浓淡淡的心事。服饰流行风转换至今又跟着时光回旋。古时女子的衣饰不似如今这般简约，然而，我竟然最喜欢这层层绫绸盘根错节的缠绕——密得解不开，浓得化不开。

麻里有种粗犷的情绪。似乎不屑尘世，傲视群雄。只觉穿那样衣衫的女子该是独自开着 Jeep 穿行在大漠雪原，冷与暖、寂静与欢喜，独自承担，到了一个风景优美却人烟稀少的地方，把相机支在车顶给自己拍张美美的照片。天地之间，所到之处皆是空旷，眼里心里都是孤傲，真的是倔强又可爱……

苎麻，是粗犷的麻里的一袭温柔。能让人酣畅淋漓，像从大漠荒原回来后舐一口冰淇淋般冰甜。而遇到这样的衣便是遭遇了一场深深坠进心里的救赎，一吸一呼间轻盈身心。

绸缎是微凉的，棉永远那么暖。如一个知心的人的手抚过脸颊的安慰，即使他不语，你却知道他懂，真的，一切都懂，并且，给予温柔疼爱、真心呵护。

人生还应该有很多这样的时刻。

披一件棉麻披肩悠闲地穿过雨巷，穿过苍茫的心情，不忆最初，不想以后，时光为你停驻，油纸伞不知道什么时候变成了透明的背景。

也可以，披着它，光华灼灼、姿态耀眼地出现在谈判室里，成为众人眼中的一抹柔情。

还可以，成为星与露、尘与草倾盖而来时，于己于他的温暖贴心。

在纯良质地里感受爱，在明亮的色彩里付出浓烈，于素雅的调子里寻觅幽静。百转千回、步履不停间去相逢蓬勃葱郁，对衣绵绵无尽的宠爱，是替世界好好爱自己。

如意、天梯、首都孤儿。民族风品牌"素萝"曾这样命名一个系列，愿望和宿命有序集中，让你沉陷，总有痴迷，通向美好的路有多少情绪弥漫。

是夜，掭墨，燃香，着碧裳。黛青色烟雨中有一个人在等你。朴素的你临窗而立，不为守候，不为深情，只为让这衣上素写的妖娆沐一沐月光，然后通达你心上的诗和远方。

深夜聆听乐声

晚上 10 点，温水洗脸，偎进被子里，打开手机听音乐，伴着一阕钢琴曲，深邃寒冷的夜渐渐开始氤氲出一些浪漫的味道来，而后，有梦香甜。

我拒绝音响，只用耳机。闭上眼睛，整个世界都幻化为一缕光、一颗星、一片海……草长莺飞，花开花落，日影横斜……大自然的忧伤和欢喜淹没了自我凡俗的哀乐。我怡然自得。

班德瑞的每支曲子都有纯情诗意的名字，那些旋律如林间清澈的风、轻淌的水一样苍翠葱绿，涤荡心灵。但是我每次与人述起的时候还是忍不住感叹那些曲目：*Children's Eyes*——童真，*Moring Air*——晨光，*Just A Little Smile*——浅笑……也许也可以说是因为译得好，我们的汉字将那些字母的灵性诠释得如此曼妙，延伸了想象的空间。道德信念，融合在纯净透明里，如此相得益彰。每个人只要以自己的莹澈之心去研磨，就会更见清晰。

雅尼很大气，气势磅礴。听他的《紫禁城》专辑，有一种很恢宏的感觉。在此之前我一直不知道音乐能展现出那么大的场面。宣传册上说它充满激情，激动人心，丰富多彩。可是我却坚持着每次只听一遍，从来不重复。我想我是不够伶俐的，想要参透的东西还是只习惯以从容的姿态向它靠近。

待我有一天，真的彻悟，方敢将它放于手心轻巧把玩。

这是叫作敬畏吧。太多的敬重，太过隆重，便产生了畏惧。很自尊的症结。只有交给时间来医治，总算是不负了那些倔强的情绪。

再说到张韶涵。这个小女子的爆发力很强，外表跟声音极不相称。看了杂志宣传后我追着她的《MVP情人》看，对剧情没多大兴趣，牵动我的是这个小妮子的一颦一笑。她有很执着很健康的笑容，这样的女孩子唱的歌正好消散我骨子里致命的容易泛滥的忧伤。就这样喜欢她、爱上她，凭着直觉。喜欢在情绪失落的时候听她的歌。从《寓言》到*Journey*，再到《欧若拉》，到《娃娃》。不用太认真，但是我总是很容易就沉醉。

三个根本没办法相提并论的人，就这样被我搁在一篇文章里。只是因为，他们曾经带给我的那些感动，很真挚，很空旷的感觉，久久地停留在灵魂深处，魂牵梦萦，让我常常在纷纷扰扰、熙熙攘攘的人群里，突然停住脚步，抬头看天，湛蓝、湛蓝，幽远宁静。

很多个夜晚，聆听着乐声，这样入睡。梦很深，情绪很浅。夜很浓，我不再有不安。记忆里一些花絮，有关疼痛，有关忧伤，渐行渐远，不再那么锐利。散了吧，淡了吧。

不再重要。

微醺

淡蓝色的对话框里，一个鬼脸在微笑，我忽然忘记要说些什么。窗外的夜色正浓，清淡而婉约，我心里的落寞一点一点地蔓延。

抽屉边上，一盒"白公主"微微露出一角。去年出去旅游的时候买的。那时候我那么向往杂志上那些烟灰女子魅惑的姿态，追求着那副神态自若。回来了却只是放起来，已经这么久了。它沉默着，不知有无怨尤。喔，这么说的时候，我心疼了，如果我不在意它的话，又怎么会顾虑它的感受？

金城武捧着罐头喃喃而语的镜头一晃而过。

原来我仍然是那个善感忧郁的孩子。总是因为太过隐忍，忽略了很多重要的情节，需要到很久很久之后，才能领略被漠视的感觉。

生命里很重要的缺失，不是愿意原谅，而是不忍聆听。为了保存一种纯粹的感觉，而故意忽略了许多冰凉的细节。

一定要到最后关头，终于明白，过去了就是过去了。你，或者我，都不再会考虑对方的怨尤。因为心已经缺失，所以看到了，也可以装作看不到。

偶尔去的歌吧里，我唱那英的那首歌，有些真相一点点逼近，是血肉模糊的风景。

常常心疼，能写出这样的词句来，大抵也经历过类似的绝望吧。

常常又觉得安慰，曾经或者正在，有那么多的故事，风轻了，云淡了，那些爱恨依然顽固，我的坚持依然顽固。

最温暖最温馨的，是我依然爱自己，爱自己的坚持与相信。

所以，他们不相信我的不快乐，很久不见的朋友发来简短的讯息，说有一天，在咖啡厅的玻璃窗外看到我甜蜜的笑。我对着淡绿色的手机屏，微笑，真心地微笑。近来常看亦舒的书，我于何时已渐渐长成了一个冷傲强悍的女子？已不是小孩子，谁的愁怨会写在脸上。

我有过很多理想，最绚烂奢靡的，是炽热浓烈地醉。忘记天地万物，不管不顾。让我的心我的脾胃完全沉浸于一种辣到极致的热。我想那该是可遇不可求的畅快淋漓吧。一种情绪奔放到极致，一夜烟花刹那间妖媚成灰。

我的小王子应该在远方守着一片玫瑰园吧，我执着地相信他的眼里有玫瑰花香的温柔和眷慕。

如果有些悲欢是生命里无法错失的劫数，如果背后有真相，我只想恳求，让我面对。也许冰冷，也许生硬，我渴望了解，不忍拒绝。聆听了，懂得了，当我有一天遇到那只等爱的狐狸，我便无比欣喜，无比珍惜。

我这样等待的时候，总是微笑，渐渐成了习惯。

习惯了生命里很长一段时间，有很多时候，我无法醉到荼蘼，只能微醺。用一杯红酒浅浅地酌，微微地醺。在一场表面盛大的爱情里，淡淡地笑，渐渐沉醉。

歌尽桃花扇底风

春天里，应该携上童丽的音乐去听瀑布。

筝声潺潺，春泉涓涓，童丽的音乐里总有一个绾着发髻的少女，纨素裙衫，水边端坐，指尖微凉，如水的情意汩汩流淌，水花一样溅到身上的，又何尝不是清幽明净的快乐与幸福？

夜晚时分，归得宅院，葱白纤指轻轻挑起门楣上的灯盏。婉转悠扬的《明月夜》，伊在窗下等那个即将归来的人。写给他的信被月光掀起，轻扬一场思念，浮云旧事温柔，一如庭前透明的蝶翼扑向花瓣翩翩……

夏天的每一个愿望都有关清凉。

聆听你的人，总以为是你歌里的主角。每一场思念都是一幅被雨淋湿的画，画里画外都是雨。总是徜徉在你的《雨季》，连笑容都会变得潮湿，变得有内容，含义深刻，隽永敏秀。

听你音色里烟霭般迷离的水雾江南，层层叠叠的心事如云层里穿梭的流萤繁星，晶莹透明。往事斑驳，遮天蔽日，你的歌如创可贴，令一些忧伤结了痂，渐渐淡去。还原到生命最初的光泽，鲜亮丰盈。

时而暖如梁间的燕呢喃，轻如春天薄暮清浅；或又纯如白玉琢幽兰，通灵剔透不染尘埃；还似林间清风，携着阳光的明媚，朝露一样透明……风拂新柳、山间清泉、四季流岚，童丽的歌配得起新蕊一样的词，款款情深，切切动人。

"绻恋惊回梦，醒觉梦依稀。"琴牵美人，梦里花荫。我在秋天的门楣上挂了一盏小灯。屋内灯光下，有一个执书等待的人。《一水隔天涯》有很多版本，童丽却偏偏令人于悠悠白云天里蓦然掉泪，怆然凄凉。

冬天属于暮色苍茫的怀念。许多人，守着思念，执着深深，情深缘浅地等待着苍老。一切都在过去，一切都终将成为繁华记忆里冷暖自知的救赎，成为仓央嘉措诗里的《见与不见》。

而你站在遥远的天涯，拈花捻芳华，隔岸洞观火——舞低杨柳楼心月，歌尽桃花扇底风。

在音乐里，让自己被唤醒

初次听《再见二丁目》这首歌是十几年前。一个大雨倾盆的晚上，在世纪广场，坐在一个女友的车里看车窗外雨水倾盖而来，雨刷左一下右一下成摇晃的背景。我们都不说话，任凭这首歌和那个雨夜狠狠地往我们心里扎根。

这是一首写给渴望和放下的歌，林夕在二丁目写给失约的黄耀明。记者曾问林夕写过这么多关于爱情的词，最悲伤的是哪句，他说"原来过得很快乐，只我一人未发觉"。感觉听过的杨千嬅的歌里，这首是最适合她的嗓音和情绪的，很多怅惘和无奈盈落一地，如果想要去捡拾，会如碎钻一般硌在手上，有隐隐的痕迹。

十几年后的 2019 年冬天，一个下着大雪的傍晚，下了班出来开车回家，车载音响里刚好又循环到这首歌。路滑，车子开得很慢，正好思绪又飘得很远，似乎整个人都在云游一般，这就是沉醉的感觉吧。幸好在感动的同时，及时打开手机拍下了这段视频，然后就知道，这个视频又要占着手机空间很久，也许直到换手机也还是会把它移到新手机上。

最近有时间的时候会单曲循环的另一首歌是《胡广生》，电影《无名之辈》的宣传推广曲，才女任素汐的原唱，她的演技得到很多人夸赞。没时间看电影的我只好在她的歌里一吁三叹，心事叠了又叠。

听她唱"我啥子都不欠你的"我想会心一笑，可又觉得嘴角很苦；听到"等等，不必等等""桥上走的那一句，我没到你别起韵"，仿佛看到了黑夜里、晨星下前行的无数身影，写满沧桑和执着。每当清浅婉转的吉他和低沉的大提琴响起，很多尘封的情绪就会被勾起，然后如月光流泻，如韵律流动，待旋律缓缓停下时，那些情绪也随风飘远了。

韩甜甜和师葭希翻唱了这首歌，因为她们不懂含义，所以唱得更纯净更清澈，听不出来悲伤的感觉，只觉得旋律那么好听。她们被天使吻过的嗓音赋予了这首歌新的含义，不知道我们何时才能送自己一副"改变灵魂的嗓音"，用来改变我们不想要的悲伤。只不过舞台版本的确实太吵，还是喜欢她们安静坐着安静地唱，甜甜的眼神闪耀着光芒，师葭希托着腮很可爱。

音乐旁边的沉默是给这首歌在心里扎根的时间，对着一个人的名字沉默，却是慢慢在把这个人从心里连根拔起，很疼痛，对这个人的存在又作一遍提醒。

最喜欢在有雨或者雪的时候听《再见二丁目》，让雨雪成为情绪的背景，如果我流泪了，也可以装作是雨水的湿气。

音乐和笑容不分国界。最喜欢用耳机听音乐，无论钢琴曲还是流行歌，闭上眼，整个世界就会空灵、无我。也许对待坏情绪最好的方式不应该是尘封，而是让它流动，让它走向它该追寻的虚无。

每天给自己至少十几分钟，在音乐里，让自己被唤醒，是我对自己的宠爱和真诚。

当我的诗情遇上你的画意

　　2020 年春天，不能远游，不能相约，还能做点什么来疗愈自己呢？了解到快乐摄影读书会正在筹备首期画意摄影后期班的开班时，看到海报上写着双师指导，一个月独享私家保姆式陪伴辅导，让照片创意十足。一种很悲壮的参与感油然而生，如果去不了一线，我们是否可以从细幽处让自己更好一点？每个人做得多了，会不会能让我们的祖国更好一点呢？

　　我报了名，接下来的整个四月份便一直被古典、优雅又浓墨重彩的画意作品气氛萦绕，除了按时听课，按时学习技巧，制作画意作品交作业，就连吃饭都喜欢用青花瓷的碗盘，穿衣也更喜欢买棉麻、带有盘扣的衣服。

　　古典含蓄渗到衣食住行，氤氲到了骨子里，这是画意摄影与我的必然遇见，不然，微信上那么多网络课堂的广告，我为什么偏偏深读了画意摄影后期班的海报并且为之心动呢？正应了那句，你是什么样的人，便会遇见什么样的世界。

　　这些天来，把拍摄、制作的图片配上诗或文章发到公众号，每个字每个词我都力求灵动精准地表述图片，然而，又怎么能精准呢？小天老师不止一次强调画意后期要讲究意境美，要留白，还专门上了一次朦胧画意课程，我也不止一次在制作过程中不断领悟画意风格作品的清隽含蓄、意境深远。正是这种不可言尽，给画面延伸了无尽想象，不仅可以疗愈自己，也可以愉悦他人。虽然说每一幅作品都有作者想传达的意境，但"犹抱琵琶半遮面"的意境却能使作品的价值无限延伸，令心怀美好的人只看到美好，情绪处于负面的人汲取能量，所有，其实都源于自己对自己的拯救。

凌老师常常提醒我们要多观察，多去看美的事物。我在这个春天的每一次看花都带着对话，带着思索。如何让镜头里的场景更美，让一朵静止的花变成"会说话的花"，我心里此刻有怎样的情绪，如何表现在作品上，都是我思考的内容。后期修图的时候，删繁就简，突出我喜欢的绿色和蓝色。有人说我的图片像梦境，那么，这便是她通过我的图片对自己心灵的抵达。

整理这一个月以来的作品的时候，我发现自己制作了不少踏马疾驰、撑篙泛舟的作品。画意后期制作满足了我想去远方、想穿越千年的愿望。制作过程中我会偶尔发呆、偶尔合屏微笑，寻常生活的忙乱和瞬间失措得以慰藉。给作品起名字的时候，常常有一些美丽清婉的诗词在眼前飘逸。每一天的时间只有那么长，诗意多一分，其他负面情绪就少一分。

参加画意摄影班，认识了很多一心向美的同学，他们有些是退休职工，有些是老师，有些是上班族。他们在朋友圈打卡阅读、健身、摄影、画意后期，每一项都是忙碌辛苦的，但我们互相不需要解释便会懂得我们为什么要这样自讨苦吃，因为我们知道现在的辛苦都是滋养身心的灵丹。看过的书，心里的诗情画意都会表现在作品上，表现在气质里，即使寻常日子走在街头，也会在人群中显得更笃定、柔和。要不然，为什么当今又流行一个词称呼女性为"小仙女"呢？

画意摄影后期制作会提升美感，引领我去发现更高标准的美和更深层意义的美。每次有朋友问到我朋友圈发的图片的时候，我都会充满激情地向他们介绍我的学习感受，我已经介绍了两位学员来参加下一期画意摄影后期班的学习。她们说被我的勤奋感染，被我的作品感动，真诚希望每一位老师还有学员都能做中国传统美的传播者，相信每一个人都可以做到。爱因斯坦说"复利是世界的第八大奇迹"，可以理解为一个人对自己正能量情绪的复利不断循环。我还把它理解为一个人传递给一群人直至更多人的美好的复加，那么，我们这个社会是否会越来越美好呢？

愿每一个"小仙女"都勤奋修炼，只接收到世界和画意摄影给予我们的轻灵、婉约和美韵，身越来越轻，心越来越灵。

愿我拍过的花、修过的图，都长驻于心，生命长青。

我有相机，你有故事吗

兜兜转转，走走停停，回忆早已云淡风轻，故事里的悲欢却刻在眉梢，落进眼眸，沉在心底，浓得化不开。

所有的故事启程于倏忽而过的惊喜。对于起初年少的你，我是那个懵懂的女孩，忽而一低眉，缱绻红尘多少眷与恋。我的心就融化在潮水起伏般的你的温柔里，一路海角天涯。我遇你，一眼便是一生，一览便是知音，令我自沉沦、深陷。

所有的情绪湮没在眉底心尖时，你的落寞是沉在心头的伤，也是滋养余生的养分。若你想放下行囊到花丛里到竹林里到山川下到河流旁断舍离，我是陪你归隐沉寂的人。你愿沉默，我便不说；你未开口，我已懂得。待春暖花开时，我们一起卸下哀伤，从容前行。

急匆匆，情切切，慢慢走，这四季，是浸在日常里的恩慈，是擦肩而过的相遇，是举手之劳的给予，是一眼而过的苍茫。所有，都是风吹草尖抖落的露滴，会让你的心更柔软，我也想，在你的感动里与你相遇。

你有软肋也有盔甲，用精巧妆容相衬浅浅微笑，穿时尚职业套装，皮肤晶莹，目光清透，穿游于都市丛林与谈判席间，是一个独立干练的职场精英。偶尔在自驾车上托着腮敛起所有的棱角，还原纯粹的自己，留下几度烟火心事。酽酽一壶女儿红，有我陪你醉到万丈红尘深处，醒来依然是来时路，而我知你忖势有度，自在张弛，我便心安。

我喜欢勇敢直面自己的你，也喜欢与你一起叩问时光与岁月。想起一个女友喜欢拍照，总说旅行的时候，把相机挂在树上自拍——除却面对陌生人的尴尬和不适，拍出的表情永远那么自我倔强。呵，我喜爱那一刻的她，人生一世，有多少时候能坚持那样的完全真我？而以后，我愿意做那棵树，长在她必经的路旁。

在摄影作品里，美景与静物、光影与灵魂、外在与自我不断碰撞出梦想的火花。看到那些作品里的眼睛，我就似乎看到一个故事；透过那些美美的背影，又看到一颗颗向美的心；再看那些花下漫步的身影，我也想做那个被花宠爱的人……

一切让人惊喜，让人震撼。要做那个与你同行的人，我要先问问自己的心，是否坚定，是否果敢，然后付诸勤奋与时日，做到敏锐、通透、温暖。待到那时，我在王屋山下，在济水河畔，摆花设宴，凝心静问：

我有相机，你有故事吗？

我送给世界的"特别的时光"

我想用槐花和春天干杯，在朋友圈看到有人把樱桃泡进瓶子，我干的是意境，她泡的是爽甜，我们多么可爱，每天都让日子多美一分。

周五快下班的时候联系墨姐找她取东西，她说正在山上捋槐花。小城里的人四月捋槐花吃槐花是多年的习惯，近些年更是成为休闲采摘的一种乐趣。于是向她讨一些说要回来练习拍照，她一口答应。等我拿到手的时候一看，她装好的袋子里有捋好的槐花，还有带着叶子的枝。那一刻，真的感动了。

令人感动的人，还有摄影采风路上同行的王峰大哥。我带了个镜子想倒映天空和刺梅，可是风大，刺梅花位置高，他就不顾脏和麻烦给我搬来几个石块把镜子卡好位置。

慷慨的人会给你说出口的，懂得的人会给你未说出口的。同频的人，会用互相交汇的光亮映照生活中的气韵和光芒，让世界在彼此眼前得以更广阔地延展。

晚上的灯光下，铺好纯白底布，和两个女儿一起用花朵和叶子放在碗里摆了"以叶为船",又摆好两个绿色的小脚丫。每天拍拍摆摆，5岁的大女儿也因此十分有美感。如果她和爸爸出门，回来还会告诉我某个地方有樱花雨，又说好想把清趣园的玫瑰花带回来给我拍。美的景物和事物互相映照，向美的人和心也在互为观照。

又想起，前几天去附近村子里拍芫荽花，种芫荽的阿姨和我一起透过镜头看那些细碎绛紫的花瓣，说真漂亮，要不是我来拍，她还从来没觉得芫荽花有这么好看，然后她热心地帮我挑起压了花朵的枯树枝。过了几天再路过，那位阿姨又新奇又遗憾地对我说："闺女，你走了第二天下雨后，芫荽花朵上的露珠可大可漂亮了，可惜你没来。"我跟阿姨说："虽然我没来，可是您的眼里心上都沁着露珠。"

我也由此知道，我的每一次访花拍摄都有了更深远的意义。

《半山文集》里说所谓"特别的时光"，不是时间特别，是人特别，是一种让自己显现得很特别的存在感，是通过某种媒介，让人遇见了新的自己。《三联生活周刊》副主编李菁说："要做一个让世界更好的人。"把自我送给世界才能得到更辽阔的自我，拍摄，就是我的"特别的时光"，也是我送给世界的"特别的时光"。

星期六，我把槐花装进酒杯，拍下一组槐花酿。

用槐花酿酒，酒可以不喝，醉是一定要醉的。醉在春天，醉在这清甜盈盈的槐花香里，醉在种芫荽的阿姨新奇的语调里，醉在墨姐捎回来的枝叶里，醉在王峰大哥给镜子搬石块的手上，醉在从寻常日子撷取的每一份心满意足里。

如果槐花能酿酒，可否把我的微笑，把你的恩慈，把花开和花落，把收获和遗憾，把离去和归来都酿成酒，装进罐子，沉进岁月，然后，香盈山河。

以庄子的名义享受美食

杂志推介成都小吃，特别提到庄子村。理由是，当年庄子以"宁为泥里嬉戏龟，不为庙堂之龟"为由，拒绝了楚威王让他入仕的邀请，一生淡泊名利，修身养性，清静无为，顺应自然。现时，巴蜀大地，我们以庄子的名义，将美食进行到底。

世上每天吃饭的人不计其数，然而没有多人共餐的境况在面前陪着，也就平常了。所以一个冷淡的所在，最怕有过去的繁华来对照。

任何一种苍凉，在过往的繁华面前，都绝对无力，璀璨星辉与零落凡尘相映，只透出无限落寞。

我是极其害怕独自吃饭的。很多时候，该吃饭了，总是一个人，于是，从超市里买回几包零食几个橙子，一个晚上就那么过去了。橙子是酸酸甜甜的，自己却独独只吃出酸来，常常吃着吃着眼泪就掉了下来，总是越吃越难过，越吃越凄凉。想来，男人们以聚众喝酒打牌为乐事大概就是这个道理。因为，多数人骨子里都是喜群居的，喜欢陷入人声鼎沸里，或许，所有的烦恼忧伤就都能因此被淹没了吧。

但我却也是怕热闹的，倘若要与很多不熟悉的人享受一餐美食便是我抗拒的事。美食之于我，应该是一瓶刚刚开启的陈年红酒，需要我以温柔淡定的心慢慢地品、浅浅地酌，身边有三五知己，便已经足够。

所以，最最合适的，是学学庄子，总是能够在热闹里留一份清淡，再保持一份单纯。家要安在市区最中心，最好楼下就是那个著名的餐饮一条街。

可以将自家餐厅设在阳台，每天透过干净的落地窗，怀念、享受，一种沉醉，酣畅淋漓到极致。

外面越热闹，咱就越寂寥，越接近庄子。

芸芸众生，最平常不过饮食男女，就这样，爱上生活里的味觉，酸甜有致，无限回味。

清煮生活，炭烧幸福

女友从苏州寄来三只宜家彩碗，用了碎泡沫将之卡进特制的木盒，跌跌撞撞数千里，到我手中仍然完好无损，可见我那女友肯定也经历过欲而不得的惆怅煎熬。

是什么时候开始喜欢那些彩色的碗碟？仿佛盛着一个个色彩斑斓的梦，伸手可触。迷恋在式样精致的设计里——精致的也是生活。

喜欢用一个专属的淡青色陶瓷碗，拥有一份专属的甜蜜。外围有淡淡晕开的墨色清扬，你给我的情意只能独此一份，只能保持 250 毫升的容量，少了不够香，多了会溢。你给的情意也要像银碗里盛雪，清亮剔透。

喜欢的食物还要有好听的名字，用以寄情。酒店里的菜谱缤纷曼妙，酥粒草莓派、罗汉果莲藕、幸福小团圆……一份奶香南瓜团就可以把阳光盛进碗里。提拉米苏，只听名字就幸福得飘飘然了。爱她就带她去吃哈根达斯——昂贵和优雅拼成浪漫。而《流金岁月》里宣萱不能抵抗的面包有一个迷死人不偿命的名字叫作"诱惑"，一旦加了情意进去，食物的名字就变得幽远神秘。

喜欢的食物要有好看的颜色。一直记着一部很旧的电视剧《美味情缘》和一部老电影《爱情白面包》，通过食物传递情意，连色泽都浸润进无限浓郁。喜悦是熠熠的红辣椒，深情是内敛到底的灰咖啡，忧郁是紫幽幽的鸡尾酒……

藏在美味里的故事情节，一幕幕无声黑白胶片电影，很浪漫哀伤，总是让人流泪。情绪会随着剧情不停转变，像正荡在阳台上的秋千上喝着碧螺春的时候突然听到一出京剧，于是想把手里的茶变成大红袍火锅，在无辣不欢里掀起无尽风情。就算只是一个人，也最好只是一个人，原本清宁的心却金戈铁马、豪气干云，打翻了前尘往事里那一坛陈酿的酒，洒了一身的香。

在别人的故事里医好自己的心伤，是影视和食物能带给我的最好安慰。

也试过自己煮咖啡，将那些豆豆烘出棕或者黑等色泽来，再把它们放入磨盒上层的碗里，转动柄轴磨啊磨啊磨成粉末，再配上可乐，或者红酒，或者牛奶，恨不得把超市里能买到的东西都配进去。

最爱的是炭烧咖啡。喜欢它的做法简单，学生时代用酒精炉就能煮出来；喜欢它的味道够酽又不甚苦，清淡和着悠长的日子铺开来。当然，这样的炭烧时刻有一个陪在身边的人会更完美，帮我料理着琐事，以便我的烹煮过程方便快速。这样的作品里有他想带给我的舒适无忧，又有彼此心性淡泊之际的充实。

歌，喜欢听听老的；书，喜欢翻翻旧的。而咖啡和水果却一定要来新鲜的，即使光阴不理我，不肯和我一起醉去，我也可以沐着冬天的阳光，听那些彩色的瓶瓶罐罐说着素心锦年，一片清宁敞亮。

这样的光阴很纯粹，没有装饰品。最适合冬眠，适合撵着人去学会安稳，适合做一个美好的梦。梦是想要醉了的心，心却是醒着的梦。有时候我睡着了，梦还在说话；有时候我醒着，梦却醉着。

情绪和美食互为味蕾，相互依托，又相互左右封锁，就像快乐和悲伤兵戎相见，焉得分胜负？

浅斟一杯酒，我来提壶饮花下，闲愁如雪皆消融。摒下前尘往事，抖落浅浅尘埃，悲伤无益，从此阔别，就此一路欢畅与共，山高水长，应该是你我擅长的事。

窗外，一株蜡梅花愈开愈烈，我煮的咖啡，越来越香了。

以味怀念

　　我想了很久，关于妈妈做的猪肉萝卜馅饺子为什么那么好吃，原来是因为焯萝卜用的是柴火烧的水，煮饺子也是。

　　金庸小说里有个洪七公吃鸡的段子几乎尽人皆知。当时黄蓉偷了一只鸡，用黄泥裹了烧，准备给郭靖补身体，不料香飘十里引来了洪七公。洪七公这么一吃，郭靖就变成了洪七公的高徒，学了老人家一身武功，从此一步步成为大侠，踏入高级阶层。黄蓉烤鸡的调料放置固然有一套，但我认为重要的是柴。他们那个年代没有电烤炉、没有天然气，只能捡起枯树枝架起火来烧。

　　也仔细看过网红李子柒的视频，她制作美食一切工序全都是用手工和最原始的烹制方法，拾柴、大铜锅或铁锅。她做玫瑰花饼要在柴火边小火烤，做玉米饼的时候特别提到了柴火慢烙。她深谙美食制作的原理。

　　我的老家河南济源坡头镇，每年春节前有烙烧饼的习惯。用略粗粝一些的面粉和面起发后，要由刀工特别好的人来做馍坯，手法特别讲究：先用左手食指和中指按紧馍坯，然后用刀沿着边缘直刀划一下，划一次转动一下，每一次的刀口都应在前一次的上方。均匀地划完一圈后，再用手指把中间位置按成盆地的形状。这样做出来的馍坯有点像一朵朵大小一样的花朵。馍坯做好以后抹油撒上芝麻，然后放在一个圆圆的铁制的鏊里，上下烧柴均匀烘烤，几分钟后待两边金黄即可出锅。刚出锅的烧饼一个个薄厚均匀，酥软蓬松，吃一口唇齿生香，真的是可以疗愈一切坏心情。我把这些烧饼的图片发朋友圈以后，不仅在外地工作的表妹让给她快递过去，南方的一些网友也留言说想吃。

后来经济条件好了，又可以在面里加入蜂蜜、鸡蛋、食用油、白糖等，但不变的是炉制方法永远是干柴起火上下齐烘。这个方法最近几年坡头、五龙口都有同样的制作。正好由于镇上部分人口逐渐到市区工作生活，不再回老家过春节，但又舍不掉那个味道，于是就有人做了在朋友圈推广销售。那种全家人春节前烙烧饼的忙碌、喜庆的气氛可真是令人羡慕。

如今城里也有了一些铁锅炖的饭店，大灶台、烧柴火、铁锅煮，连墙壁装饰都是大红大绿的背景，还挂上了红辣椒、大蒜、玉米，周到体贴地还原小时候的情境，一时令人趋之若鹜。

但是家中厨房里，即使电饭煲的制作工艺模仿柴火的原理，却还是难以拥有小时候的味蕾享受，美味情结成了越来越遗憾的事。我想应该是一方水土养育一方人，大自然给的柴火本身的香味结合灶台的泥土清芬浸到了饭菜里，当然，还有妈妈对做饭理所当然的接受和热爱，天时、地利、人和才成就了我们口中的念念不忘。

我有时候想，不知道冬天的树枝和夏天的树枝、晴天的柴和雨天的柴烤出的食物味道有没有区别，等我有闲了，要弄一个灶台好好试试。

美味莲心

莲菜，白而泛青，切片，晶莹通透，白糖和醋调配，配花生米星星点缀。一盘鱼香肉丝，色泽金红，入口爽滑；两碗绿豆汤，配薏仁米、蜜枣精心熬制。餐布是绿萝格子。本是普通的家常味道，却让人心里暗暗欢喜；本是寻常人间，却因了一碟陶瓷细盘美满了整个人生。

世间的音乐没有国界，世间的美食懂得缘分。坐在眼前的人明明是第一次见面，却偏偏因了同样爱吃的菜，便会觉得亲切，有暗生的情愫滋滋蔓延，即使不是爱，也是妥帖。女友说曾经有一次被同事拉去相亲，热闹沸腾的大排档里，坐在对面的那个人一声吆喝："老板，来一盘烤羊眼！"当时吓得落荒而逃。《佳期如梦》里佳期因为在感冒时吃了一顿东子推荐的菜便爱上了他。杂志界时尚美女画眉和李炳青因为尤喜健身房里出来后打车去吃麻辣小龙虾而拥有愈来愈浓的情谊。女人之前如此，男女之间如若在心灵契合之初在美食上一拍即合更是锦上添花、赏心悦目。

有好心情才会做出好吃的饭菜，就像我们在旅途中总要奔了名家老字号，只为了味蕾酣畅淋漓地绽放。那些坐落在大大小小城市一隅的总是笑意盈盈的厨师，看着眼前的帅哥美女不远千里只为了品一口自己精心炮制的作品，心下便不由得视为知音，于是越发卖力和用心。有时候同事抱怨单位餐厅的饭不好吃，我在心里想，一定是大师傅心情不好。吃饭的时候一问，果然，大师傅这天感冒。

世间美味种种，荡气回肠，令我回味。念念不忘的是那江南的小调、重庆火锅的鲜辣盛满这浓郁有时、清醇有时的人间，和着悠长的日子袅袅酿下去，酿出人生的千滋百味。

当我有一天耐心、用心细细地品、慢慢地尝，小时候核桃带青皮的清香、花生新出土的甜嫩、姑姑从老家捎来的甜玉米都为我舌尖将来的馥郁垫好了底。所以，再远的奔赴都是归程。

张扣扣，我多希望你学会告别

为了传递我想表达的温暖和安宁，我的文字几乎不出现时事评论。然而近来总有一些人的名字是剜在心尖地疼，比如孟晚舟，比如张扣扣，比如微博名字叫"老婆孩子在天堂"的林先生。人性的恶劣让人喘不过气，负能量、坏情绪，破坏了新年应有的好心情。

有一句很美的情诗说"我喜欢下雨下雪，因为雨雪是你的名字"。我十分理解张扣扣，替他续一句便是"我无法告别疼痛，因为疼痛是你的名字"。

很多人和林清玄一样，还没来得及告别，就已经离开。又有很多人，明明还有时间，却拼尽全力也学不会怎么告别。

怀念，是我们爱过的本能；纠结，是我们擅长做的事；前行，是我们跃跃欲试的信念。我们要修行多少年才能像孟晚舟那样把这信念变得笃定？

坐在街边看来来往往的面孔，哪一个笑容背后不是伤痕累累？都是被责任催着，被压力碾着，泪水和笑容酿成了前行的勇气。

小区里偶尔有人忘记锁车库门，车库里除了一辆汽车空无一物，我对这样的人真是几乎膜拜。进门是柴米油盐，出行是轻车简从。这样的人一直心底澄澈，孰轻孰重，永远拎得最清。

我也不是一个擅长告别的人，我只是希望能学会在以自己之力无法改变的时候将悲伤封存，余生将自己好好照顾。

我希望你用泪水浸过的笑容告诉已经离开的人，我是真的爱过你。

我希望你用笃定的温柔韧性告诉自己，告别悲伤，告别往事，这是对往后余生的深情厚意。

余生，让我们学会尽情，能笑的时候就不要怕皱纹，能爱一个人的时候，如果爱，一定深爱。

余生，让我们学会珍重，每一个能享受到的天清地宁的时刻，都是上天给的最好的恩慈。

余生，让我们学会温柔，前行的路上张弛有度，该拼的时候拼尽全力，该停的时候清醒自怜。

与每一个有过伤痛，并依然记得伤痛的人，共勉。

愿我以素为美，不负你笑颜而归

素。

是盛在碗里的鲜蔬，是衣着的棉麻与灰蓝，更是生活在任何场景心底依然浅浅闪耀的清喜，即使是寻常日子往往也能自得的清欢。

以素为美，自觉人生日日圆满，眉眼抑止不住地含笑弯弯。所以只觉得日常所食皆是幸运，不会大费周折去折腾超出常人接受范围的动物当作食材。

很多人说胖子都是缺爱的人，心里缺乏对生活的幸福感，所以忍不住用食物满足。这个时候对全中国的胖子心生敬意，我们不满足的是食物的量，换来的只是身材与美丽之间纠结的碎碎念。却会导致风云突变，让四季蒙尘。

为了拯救陷入灾难的人民、国家、城市，那么多医生、护士、警察、司机、工人等各行各业的人逆行至疫情严重的城市，不计报酬，无论生死。

大爱无疆，众志成城的民族终将凯旋。

为爱而战，普通国人也应该从此以后以行动厚待地球，珍爱自然，放过自己。

从今天起，以素为美，粗饮素食，以一颗至诚之心默默祝福在抗疫救护一线的你们尽量保证睡眠，吃好每一顿饭，早早迎来脱下防护服畅快喝水、摘掉口罩随意呼吸的那一天。

从今天起，以素为美，把往事清零，物质断舍离，尊重动物，尊崇自然，尊重万物生灵的价值，对天地万物生灵保持敬畏之心，不再把貂皮大衣、狐皮毛领、象牙梳子、象牙筷子……当作潮流和奢华的标志，不吃不该吃的东西，连接近都不要接近，用中国人的知足与自律坚决阻止惨痛的教训再次发生。

愿我简朴生活，以素为美，以己之力维护人与天地万物生灵之间的原生和谐，不负逆行的你在披荆斩棘后笑颜归来。到那时，和风容与，天地安宁。

回忆里的 6 个小时

那是一条热闹繁华的街道，纵穿整个小城，每天穿梭着这个小城里神色各异、步履匆匆的身影。百货大厦、服饰专柜，以及鲜花店和小吃摊在街道两旁星罗棋布，林林总总。

是"回忆"这个名字吸引我走进这个美发店的。一个人，在凉风初起的傍晚，穿越城市里熙熙攘攘的人流和空气，想要感受一份潮湿的温柔，一种执着的浪漫情绪，或许，还有一份黯然神伤。

推开镶在红色砖墙内的透明玻璃门，满目苍翠，是各种绿色爬藤在古朴的木墙上蔓延，墙根处依偎着细细的重金属色桌椅。大小不一的数面镜子并不在墙上整齐划一，而是随简巧的梳妆台在大厅里随意摆放，看来却也错落有致。

迎上来招呼我的是个清瘦的男孩子，高高的个头，发长至肩，柔顺地垂着，细长的眼睛笑起来弯弯的，一说话会露出整齐洁白的牙齿，像极了红极一时的四个花样男子中的美作。

回忆里的 6 个小时穿过黑白相间的木质地板厅堂到考究的洗发间，

但见有数名扮相另类的美发师和统一着背带牛仔服的服务生围绕着端坐在镜前的女子紧张忙碌。美发师通有桀骜不驯的发型和温和的笑容，服务生则是炫着一张张青春逼人的脸，娇面如花，兼顾着各色面容在千丝万缕中低头垂首、巧笑嫣然，空气里婉转流淌着的是萨克斯《回家》，一遍遍，循环往复。我的脚步在移动，神志已经恍恍惚惚，只消对人对己真心的疼爱和微笑，一扇玻璃竟把寒意料峭关在门外了。

选了一临窗的位置坐下，从镜子里看着"美作"由远至近，终于在身后站定，熟练地操起镜台前的镊镊夹夹。口上默不作声，心里居然绮绮然地笑开了花，像一枚青果担心不期然裸露了暗藏的心事，清新如昨的还有年少时坐在后排的那个男孩子啊，曾经，是那么满心欢喜又紧张兮兮地伏在桌洞里读他写的小纸条，谁不知道那时的老师都有一双犀利至极的眼睛啊。

那个男孩子，那样好看整洁，会乖乖搬着板凳坐在阳台上看书，手边要放着两个散发着清香的绿苹果，他总是能把那个好看的苹果让给我吃。

他的微笑也曾经似头顶这双手温柔地抚过年少时我敏感脆弱的心，总是相逢回首间相视笑了，快乐像无数的花开，一大片一大片，只是不能预料到有一天突然天地沦陷了，熟悉的唇再吐露不出可爱的气息。只有那种宽宽的似水温情，音乐一样晶莹，玲珑剔透，穿透岁月，是暖暖抚过的爱人的手臂。

无法再坦然地跟背后这个大男孩微笑，只是微闭上眼睛，竭力平复内心的紧张、羞涩、慌乱、欣喜、黯然。浮云旧事温柔，心情在潮水般的音乐中渐渐还原成淡淡的米色，一枚秋果的颜色。

窗外暮色阑珊，华灯初上时，我对镜子里崭新的自己微笑。踩一地碎发抬腕看表，时针正在"8"的位置稍作停顿。暗暗舒口气，这个有阳光有音乐的午后，我在"回忆"里度过了6个小时。

只是端坐，便也恍然隔世、千回百转。直到临出门，竟始终没能有勇气跟那个男孩笑一笑，说："嗨，知道吗？你像一个人。"

办公楼写字间的空气透明洁白，像这里的纯净水，都是清新的味道。我精巧地化妆，微笑着在这里工作，呼吸阳光的味道。仍然不可抑制地在喝咖啡的间歇里想念那个叫"回忆"的美发店，想起那个像美作的男孩子，想起那里的萨克斯别样悠扬，想起我如此眷恋在那里度过的 6 个小时。

冬天快结束的时候和久违的朋友相约逛街，久别重逢的喜悦淹没了内心深处的寂寞。又走在熟悉的街头，心在那质朴的红色砖墙外一紧，透过玻璃门可以看到"美作"在别人头顶温暖地抚过，镜子里是我不熟悉的面容。心下一时落寞，只能温柔地想象，这应该是个宽厚仁爱的男孩吧，甚至从侧面看都有那么温暖迷人的笑容。突然有阵冲动想进去，不是做头发，而是认真地告诉他，他是那么像那个人，那个我喜欢的人。

但是，我听到身边的女友酣畅淋漓的笑："那个男孩子，也太像美作了吧，是我崇拜的偶像咧！""是啊是啊，好帅呵。"

心下蓦然一惊，便自顾笑了，然后走开。像一首歌里唱的。风没有方向地吹来，雨迎着悲伤侵来，没有人能告诉我，你是什么时候悄悄走开……我把回忆两个字写在纸上，回家的回，记忆的忆。

零落成泥碾作尘，只有香如故。

爱他你就装装傻

同事小君的男朋友有一段时间突然当着她的面和单位里其他女同事打情骂俏。起初她没在意，因为男朋友的人品足以令人相信。但是男朋友却越来越过分。聪明的小君没有跟男朋友大吵大闹，而是马上反思到自己因为性格比较含蓄内向，从来不直接表达自己的感情，才逼得男朋友出此下策。于是她佯装伤心，抱着男朋友的胳膊哭了个泪雨纷飞。男朋友看到小君这么紧张自己，于是马上坦率地实言相告，乖乖地承诺以后只做小君的小跟班。

小君后来说，男朋友告诉她，他也很在乎自己在女朋友心中的位置。男人的心思通常很简单，他们爱上一个人的时候只会用很直接的方式表达。但是现世太多故事与经历让很多女孩子对爱情有一份隔岸观火的冷静，她们习惯了隐忍自己的感觉，快乐的时候是平静的，悲伤的时候依然是平静的，在任何一场恋爱里都不敢放置自己全部的心意。这种冷静让她们一眼就能洞悉男朋友在自己面前鼓捣出的一些小把戏。有些女孩子爱跟男朋友较真，总能揪住男朋友说错的几句话或者几个坏习惯不放手，每天吵个不休，让人猜不透她真正的意思，久之，便会让人觉得累。而另一种女孩却懂得适当地"装装傻"：她也撒娇，但是婉转乖巧；她也任性，但是要求的是对方能够做到的事。每个人都喜欢舒服的感觉，跟她在一起很轻松，这是能够让她在对方心里保持无可替代的位置的重要法宝。

恋爱中遇事时，宽容一点、大度一点。这种装傻明里是傻，有点在爱情里沉醉沦陷的果敢；实则是心底澄明，玉宇澄清。正是有对局势的准确把握，才能让她们进退自如，懂得将若即若离的张力把握得恰到好处，亦是对自己的保全。即使有一天这份感情真的没有缘分结束了，以后在偶尔孤寂的时候回忆起来，她仍然会喜欢当初成熟、从容、温暖的自己。

装傻是门学问，是种境界，貌似痴痴呆呆，实则心底澄明，有隔岸观火的冷静，又有雾里看花的迷离，那种欲说而不语的魅感像梁朝伟斜角 45 度的眼神颠覆了感官，让周身的世界变得五彩斑斓。如果你懂得在爱情里装傻，那么恭喜你，你一定是个能够将生活的各方面都经营得很出色的人。

不问归途，不要落幕

一到节日就难受，中秋前一个女友如此说。喃喃只一句，电光石火间，一些挣扎、一些叛逆跃然眼前。落入凡间的精灵逃避不了烟火，已经封藏的爱情却不断发酵散发出幽香。这香，是荼蘼，魅惑人心，也是本意，欲罢不能。

十年。虽已放手，却未梦断。这份感情已经嵌到骨肉里，让她习惯，让她赖以依存，即使痛苦，也不想离弃。

总记得那个镜头，灯光暗去，台下嘈乱，台上静谧，蝶衣舞出羽衣霓裳，天地间只有他自己。灯光亮起，掌声响起，便是一场梦的终结。仰望天花板，眼神绝望而清冷。他是戏子，只能在台上有义。所以他说，戏会流传到日本。他已决然不要生命，只有生命才能将这份爱结束。即使无望，也停止不了。

悠悠地，似乎听到一个女孩在午夜的电波里唱着："黎明，请你不要来，不要来……就让梦幻今晚永远在……"

黑夜清辉，佛龛红尘，痴情便可以突破障碍，笑傲长天。

我想到桔梗花的花语——无望的爱。

盛夏里一片桔梗花渲染山间时会让人迷乱，似一簇簇蓝紫色的火焰在眼前燃烧，灼灼地弥漫了眼和心。蓦然间，让人觉得无力，前无出口后无退路，繁华的心事却执意飘荡不愿落幕。承担不起，心却被蛊惑，不能远离。

像蝶衣之于段小楼，程英之于杨过，周芷若之于张无忌……乱红飞过秋千去，轻舟不过万重山，笑眼看花心成冢。

而一个小朋友说桔梗花开，如梦无痕。字里行间，有柔盈的美轻轻滑过。

心若澄明，眼里尽是美好。心若纠结，便于花开里看到人间四月芳菲尽，良辰美景奈何天。

朋友说，在网上看西藏的图片，看到蓝天白云，迅速地关掉，飞一样逃离。有瞬间的波澜和触动，让眼前的生活来默无声息地覆没那种灿烂，像掉入水中的烟火。

一切，不过是一场沉醉不醒的梦，盛大而荒芜。

不问归途，不要落幕。

年华是无效信，苍老了等待，神秘了期许。

眉目翕合间，流年未央，锦瑟如岚，容颜青涩已故去，唯有爱，执着地，不愿意老。

从来，这世间，万般姿彩，有的爱可以圆满。还有更多爱是梦里的希冀，找不到方向，只在兜兜转转间不问归途，不曾落幕。

只好在梦里，扑向春风，笑眠花间，唱晚秋宵，醉入帏帐。

我们需要在后来深深浅浅的岁月里经过另一番回味，让汹涌澎湃的心事被隐忍到无从知晓的角落，才能够天天看到浅浅的如花笑颜。

这是没有办法的办法啊，只好沉湎怀念，安然等待，也许锦上花浓散尽会有一场清冽。

我们都曾给过彼此一颗完整的花蕊

爱到只留下怅惘，总是相信会有奇迹。相信那一场遇见一定会发生在下一刻。是在下一个转角，还是在下一个红灯，我在今天会遇到你。

总是在人群中走着走着就会突然仰起头，免得有泪水流出来；那个你教我学会打篮球的球场，如今总有陌生的气息在奔腾。他们陌生的表情让人觉得似乎进入了时空隧道，我害怕得想哭泣。

一场执着一醉成殇，天却不给我纵情演绎的机会。这个城市这么小，小到过往的风都看得见我的泪，我却从未遇到你。淡淡年华来了远了，来来去去的风景清晰了又模糊了，你只是仍在我的记忆里歌舞升平，声色犬马，永不停歇。

守一座空城，等一个故人。年华匆匆，两手空空。只为这样的缘分里早已注定了流离。语未央，情渐移。错过已是落寞，执着在失落里不愿意醒，更是一幅画到最后难以滴下的一滴墨。

岁月浓浓如酒酿，细语轻喃诉尽嗔痴，点点滴滴，才下眉头，却上心头。一江春水向东流，却又把时光无情抛于身后。一曲羌笛，陌柳如烟，青丝墨依旧，光年却已远。零落的心早已黄沙飞舞，伴着漫天遍地花落花飞饮尽的一壶忘情酒，在雨打风吹之后，陌路成黛眉清目般的山山水水，涤荡了情与殇，落成一季深深的秋。

纵然你真的要来，却又让我要用多少悲哀才能抵换碧海青天夜夜心伤的沧桑与荒凉。一曲梨花落如雪的寂寥把一切的珍惜全都变成了一次次的擦肩而过，对你的相思早已枯成九月的柳，熬尽了青涩，雪尽萱抽叶，风轻水变苔，生成一池凉薄……

一场梦醉了碎了，一场笑谈痛了悟了，才明白，醉与醒的距离那么近，有梦是天涯，无梦却也到长安。谁是谁的有情痴，还道有梦亦是无梦。前行的时候只看远方，不问结束的方向在哪里，那里，不过是雨季的雨淋湿了梦的翅膀，忧伤在飞翔……

我们都曾给过彼此完整的花蕊，将来要走出困境还得自己成全。

看着何厚华说的话，我低下头，看我手上想要戒掉痴念的痕迹已深，深深刻进年轮里的是丝丝入扣的安宁。

戒掉嗔戒掉痴，戒掉一泉凝眸不见的相思。今生今世不说再见。如若可以，于你、于我，便已是上天能给的最好的恩慈。叫自己一声"亲爱的宝贝"，可不可以，不在秋里忧伤，不在风里落泪，只在有爱的注视里温柔发光。

比暧昧美的距离

他在她 QQ 上存在了四年，当她再一次因为失业、失恋彷徨失意时，他的言辞淡定中便多了些许温暖的味道，渐渐升腾，直到她不能承受的灼烈。于是，在这个凉薄四月，她去见他，打着旅行的名号。

只要他请求，我就留下。最后一次为爱不管不顾，是祸是福，都认了。临行前，她心念执着。

他果然是面容谦逊温良的男子，带她去吃烤鸭的途中先在星巴克停顿。一人一杯拿铁慢慢地氤氲开来，他凝视她精巧的面容，微微而笑，打算待几天？

晚餐后正 9 时，他送她回宾馆，说，旅途疲惫，早点休息，明天带你去三里屯。

第二天张韶涵在图书大厦签名售书，人很多，她也踮着脚尖跟着疯狂。然后他们一起去小吃街。已经很累很累了，她还是惊喜地尖叫出来。跟一个喜欢着的人，从那么长的霓虹琉璃美色美味人声鼎沸中酣畅而过，这个梦想，她向往了太久。她变作一个贪婪的孩子，一次又一次伸出手去，那种娇憨，惹得自己都醉了。

之后去三里屯，出租车司机很多话，说三里屯已经不是原来的样子了。他只从容一句："您给咱搁街口行了，我带她走过去。"

只是小酌几杯，后来就离开了，他于温和中克制着热情的温度，容不得暧昧的故事发生。

她心生几许失落，然后在返程的火车上想起上一段感情刚刚结束时的迫不及待，她的心境转而平和。其实他从来都了解她每一寸心事。从她起程起便知她心若鹿撞、忐忑难眠，如破茧的蛹，只待他深情一握羽化成蝶。不忍说明亦是因他知晓她是感性坚定的女子，在爱情过后迷失的日子里更需要尊重和适当的纵容。

回来后她看到一部影片，一个没办法承担爱的男人将心爱的女人紧紧一抱，沉默良久说，我会永远记得你。

如果世上的远近能用心动来衡量，那么，比分手更远的距离是他不肯尊重自己的心意，将她轻视为抵命纠缠、不懂尊重的媚俗女子，收回怜惜，冷下面孔装作陌路。而比暧昧更美的距离是珍重，帮她成长为更加自信明快的女子，让她明白自己要的是什么，才会以美丽的姿态保全爱情和人生。

戒指的秘密

那一年去看海，女孩在威海的韩国城里买回一枚戒指。精致的银笼着一粒海星，那种带着纯净的另类在繁华都市里一下子夺了女孩的目光。

回来后听朋友们说戴戒指的讲究，从食指到小指含义依次为"清热解毒"——青春、热恋、结婚、独身。巧巧地笑着把戒指套在指上，从食指到小指，依次而过，寂寞的心也走过这恋爱四季了吧？

"呀，说是手指靠戒指来配，可你分明是把戒指衬得漂亮了，无论戴在哪根指上都那么好看！"女友们在旁边轻轻地嚷。是呵，低头侧目，入眼的是十指修长轻滑，嫩软如葱，纤细玲珑，水晶一样透明。心，已经在这暖暖的友情里醉了。

终于定了定，水晶落在食指上，定在食指以下、关节上方的位置。

"咦，与众不同呢！"女友们笑着。

是呵，食指上方漾着一抹荧荧的亮光，有一点点另类，有一点点张扬，有一点点时尚。

再看镜中的自己，不曾雕琢的眉眼，发黑如瀑，眸深似泉。

是在祈祷爱情的到来吧？却因此阻了爱情的脚步。约会往往走过第一道程序——吃饭，就黯然收尾，收场时男孩的眼无一例外定定盯了女孩食指上那抹浅浅的荧荧。

宿夜的梦里蓄满水一样的忧伤。

再有女友打来电话："改改吧，是个优秀的男孩呢！"女孩默不作声，心渐渐下沉。

餐厅里就着喜爱的琉璃圆桌、绿萝格子餐布，女孩伸手侍弄那新鲜的玫瑰，十指间空空落落。

出乎意料地顺利，很快走上红地毯。行礼之后，新郎把一枚蓝宝石钻戒套向新娘的无名指，簇在洁白婚纱后的女孩深深地——笑了。

婚姻，就是把稳定送给你爱的人，而将浪漫留在心底吧。

不需要人知晓，戒指戴在食指上的秘密，只是一个女子想要突破传统的尝试，这勇敢，就是浪漫的力量。

相信还有童话

一位女友无意中找到 20 岁的日记，其中描述的结婚理由让她感慨不禁。

彼时她写道——慎重考虑，他必须是：英俊、聪明、善良、幽默；日日相看两不厌；转身离开我会哭，在我流泪时逗我笑的人。

如今她正筹备婚礼，单位财务部门内部出了问题，她一年前贷集资款缴上的婚嫁金返还不了。她心急如焚，夜不能寐，手机随时畅通以保持时时与同事通电话互通消息。但她却对即将为夫的男友只字未提，直到两周后问题解决她才向他坦陈，日前脾气无端暴烈些许皆是那些无聊之事的缘故。个中烦扰以及温软坚强的承受能力唬得七尺男儿一惊一乍，直讶异这小女子究竟还有多少能量是其未曾领略的。

她对我苦笑，他是她下定决心要结婚的人，可是她选择流泪时不肯让他看到。

她近来读亦舒，深受影响，尝试与男友约好下了班各自奔赴约会地点。没过多久，他就郑重质问她是不是对他感情有变，因为他觉得若不能帮女友锁上办公室沉重的防盗门的话，心里很不是滋味。

而另一女友近来郁郁寡欢，常常诉说烦闷。她与男友恋爱多年，结婚似乎是顺理成章的事，她却有些犹豫。原因只是，她很久不再有被宠爱的感觉。她要的是那种像爸爸对女儿般宠溺，像哥哥对妹妹般大度，像王子对灰姑娘般执着……时时刻刻，如胶似漆。

盼而不得，一种焦灼的感觉像只长爪子的小妖抓住了她，让她对畅想了很久的婚姻望而却步。很幼稚，很真实。

我莞尔，转而对 QQ 上的待嫁女友说，相信还有童话吧。只要他还会心疼，只要他积极向上肯努力，也许我们现在不能有玻璃城堡，可是也不要影响我们就把他当作王子，心无芥蒂跟他走。他的信心足够温暖，他的胸怀足够宽厚。现世空旷，我们只是这个世界上艰难行走的孩子，既然能够相遇，那么就让我们把彼此轻松、真诚、快乐相待当作郑重的切切的关爱，不沉重，不忧伤，每日每日，清宁美好。岁月无常，但是总有一些细节会记录下我们所有的勇敢和无畏，便也说不定，将来会有人拿我们的故事作模板写小说，书名就是"美丽新童话"。

我在远方，思君如常

不曾写，不是不曾念；不曾言，亦不是不愿记。如今这思念长着绿色的藤蔓，在记忆的墙头疯狂缠绕，快让我不能呼吸了。我只好就着这研了已久却无从下笔的墨留下只字片语，却哪堪，心字成灰。

一段天长地久的梦，携着飞蛾扑火的决绝。我念，我不说；你念，我沉默。

我看着你，我们之前隔着城池浩荡，我们之间的场地那么宽，可以任我飞沙走石。于是你像那个情深的男子一样在我眼前倒下，从此摒弃世间冷暖和执手相挽。

独留我，泪眼问花花不语。若刺向你的剑，真的是自我手中发出，我宁愿，它倒戈向我。

如果我死了，思念就荒了吧？

我在远方，念君如常。季节变换、暖冷更替间，一支曲子可以突然击败原本以为已经干涸的我，只是因为它的旋律吟合了我的心绪。原来，我一直这样，念着你。

我怎么能轻易将你忘记？

天荒地老的尽头，我在等着你。

其实最怕这个字眼。因为它意味着不守时，有迟到才会有等待。

不是不愿意等待，只是觉得由此挥耗掉的时间太珍贵、太可惜。因为等待，我便牵挂，由爱故生怖。

然而，我知道，这不全是守不守约的问题。

譬如，缘分，及其相遇。你我在渺渺红尘里相互寻找。不到最后揭掉面纱那一刻，你我都唯有等待，由怜成痴。

我在远方，惜君如常。将一份念想挂进深冬的臂弯，腊月染尽纤纤月华，腰身渐瘦，被朝露浸润的年华渐渐丰腴，滋养出来年的心想事成、心满意合。

我在温柔地想象，心里期待的你正披星戴月、驿马红尘地赶来，所有的委屈尽其释然。

君在远方，我在此间。君在前生，我便立志在今世学一回穿越。君若在来世，我便守着情意不老去。见或不见，惺惺相顾。一叩一回首，一眼望一生。望不尽，看不穿，心不去，还流连。

我依稀看到你在三月桃花初绽的笑眸里，踏着情真意切的落花，拈着浓情蜜意的飞絮，就那样款款向我走来，我的一滴泪还未来得及滴落，便随着花瓣绽成一场色彩斑斓的人间清欢。

旗袍是心灵的语言

听过轻绵的江南烟雨，醒过逶迤红尘的一场酣醉，穿旗袍的女子瞳黑如墨，婉约成词。她姗姗而来，为你我眼前描出一幅似水如烟的画面；袅袅走远时，又清雅如莲。

喜欢穿旗袍的女子是耐心的。绾云鬓，化淡妆，走路时步调小巧，拾物时轻拿轻放，喝茶时小口浅酌。或如初荷叩启盛夏，或如云朵轻盈温柔，或如星辰微观尘世。对穿惯了旗袍的人来说，轻捻慢品是常态，偶尔穿穿的人在有旗袍加持时低声细语是为了相得益彰。都徐徐行、慢慢来，急了就失了那份优雅韵致。呵，旗袍的气场十足，因为她本身的美具备一种饱满和充沛的力量。

喜欢穿旗袍的女子是自律的。绸缎微凉，苎麻飘逸，纯棉质朴，所有的质地无论何时都固执维持原貌，不肯给你弹性让你有在衣的空间内张弛的机会。所以喜欢穿旗袍，意味着对身材有严格的掌控，对情绪有收放自如的管理。她们懂得各种食材的维生素含量，也懂得各种饮品的热量，更懂得适时把心里的故事收起，在微风中扬起明眸，对既往不恋不咎。人前人后保持最优雅的步调，这种姿态本身就是一位女子在抵赴生命深处的馥郁盎然时最得体、最难得的姿态。

喜欢穿旗袍的女子是含蓄的。每一件旗袍都缀着工整而精致的盘扣，这些起源于中国结的盘花扣风情万种、花样繁多，但都有一个与现代服饰不同的特性就是不容易解开，像每一个女子心底浮浮沉沉的心绪，一旦说出口就觉得浅白了，只有微笑着放在心底等一个懂得意会的人。

张爱玲说："初兴的旗袍是严冷方正的，具有清教徒的风格。"在贵族化的女校读书时，张爱玲沉默寡言，她穿素灰的旗袍，保守的款式，清瘦得让人几乎看不见；与胡兰成热恋时，她穿"能闻得见香气"的桃红单旗袍，绣着双凤的绣花鞋，颜色和款式的变化都能让人感受到心里的热情。

我身边也有一位一年四季穿旗袍的姐姐，她喜欢写作、喜欢摄影，性格柔中带刚。她常常趁出差的时候买回各式各样的旗袍。那些旗袍款式比《花样年华》里看到的要更为生动一些，裙摆可以稍微扩宽，盘扣可以酌情减少，颜色会根据当季服饰流行色染出雾霾蓝或莫兰迪，面料从苎麻到桑蚕丝到纯棉，等等，冬季时裙身里可以穿薄如蝉翼的炭热裤。她虽然生活在北方小城，但是暖气的普及和衣料的进化给了她更多身心的自由和余裕，黛青色烟雨不再是唯一固定背景。只要愿意，她可以穿着旗袍将莲步轻移在荷塘岸堤、在咖啡厅和茶社，也可以在霓虹深处、在会议室内；我常常看着她换着一身身旗袍把优雅、从容尽情展现，张扬在自己的岁月，铺满别人的眼眸，从而懂得了她的生活谦柔而饱有深蕴。

张爱玲说过"衣服是一种语言，随身带着的是袖珍戏剧"。在她的小说中，旗袍亦是出镜率最高的道具。每个女子爱着旗袍的时候，仍然爱着她兴起的初衷，爱着与旗袍应景搭配的诗词、团扇、古筝、绣花鞋等，那些古典美意，让人一穿上旗袍就顿时拥有了精致感和仪式感。喜欢旗袍的人都那么赤诚地爱着这些古典的美。如今，我们生活的时代鲜活、生动，每一个心里有柔情、眉眼有山河的女子无论选择服饰还是语言都有了太多可能性，但她们仍然会在某些时刻，选择用一袭旗袍当作自己心灵的语言。旗袍，便是一个女子对古典和诗意的坚守，是在世界上各种喧闹的声音里的一种自持静默，是告别凛冽、拂去锐气后对生活的丰盈热爱。你懂或不懂，她都沉稳含蓄；你爱或不爱，她都能在这纷扰世间端然自持，活得如一抹月色般自在清白。

微微一笑

　　打开各大网站的首页，满满都是令人心动的邀约：趁着盛夏去贪玩吧，趁着年轻去疯狂吧，趁着枫叶红赶紧出游吧……而我只听到身旁幼儿的笑声，就着茶叶的清香微微一笑。

　　忘记了何时，置身于奔驰列车上，揣着对未来的憧憬，暗暗许下五彩缤纷的诺言，充满无数可能，曼妙而深不可测。过去了，才知道，只有过去清晰了然，未来很多时候都是停留在口号上的玫瑰花瓣，有互相簇拥的耐心，却着实与梦想无关，只是依稀记得这份心情，多年后依旧是初见时的清宁完好。

　　不用期盼有什么会留下来。那些花半开酒微醺的夜色，那些时沉一点漾时一点的喜悦，都是沉淀在心底与眉间的款款深情。零落成泥，淡白成茧，抑或从容而成安宁恬淡的笑容，一一漫进一生的温情。

　　看过很多人在字里行间为一朵落花感动、对一个使用已久的保温杯心怀感情，很是感同身受。物与人之间的息息相通共存于一起策马平川、一起畅游江湖朝夕相处。那世情里的盛况，只因我愿赋予世界的深情与轻柔宛若春天的花开般赏心悦目，心甘情愿醉了这柔软的岁月。千帆过尽，花篱下只留下清风满满、满月盈盈。

　　在春天听风轻吟，在夏天看花盛开，枫叶红的时候，我在桂花树下摆了一盘棋局，听说雪花可以让两个人走着走着就白了头。我把心情停在岁月尽头微微一笑，只愿倾心，无须倾城。

等你着墨，等的是丰盈又有趣的灵魂

近来听《浮生六记》听到芸娘写了很多诗，但是都没有写完。沈复问她的时候，她娇羞一笑，说："我是想等有个懂我的人教会我写诗，我再续写完呢。"芸娘的可爱聪慧跃然眼前。幸运的是，她遇到了沈复，沈复是清代杰出的文学家，当然心领神会，于是成就一世佳话。

我曾经写过一个小说，名字叫《鱼缺》，写的是一个女孩在桌子上放了个空鱼缸，偶尔有人问为什么不买鱼放进去呢？她只笑而不答。她以为，懂她的人自然会买条鱼放进去，况且她也跟朋友提起过希望有人能让这个鱼缸没有缺憾。然后二人在下班后一起吃饭、看电影、喂鱼，岂非乐事？当时我还没有看过《浮生六记》，不过我想，即使我看过，我也不会让女主角随便告诉别人她放空鱼缸的原因，那跟直接让人买鱼有什么区别呢？我想赋予这个小说的意境就在于她想要的是一份无须言说的感知和懂得。

沈复的懂得和芸娘的表述同样重要，如果没有沈复的懂得，或者沈复问了芸娘还是不肯说原因，只让他猜，那么这段佳话就不一定能成。

小说的女主角比芸娘更加含蓄，也更加固执了一点。

早上上班路上听了一篇文章，说现在社会上的男士普遍都以为女人要的是房子、车子，所以都不敢追女生了。但实际上又有几个男人会用心去翻女生的朋友圈，用心去感受她呢？

我认识一个女生，27 岁，自己有稳定工作，长相也不差，至今未好好谈过恋爱的她说只是想遇到一个有趣的灵魂怎么就这么难呢？她说起最近的一次相亲，本来抱了挺大的希望去见面，两人落座吃饭后男士点了个素菜，女孩就说那咱们再点个鱼香肉丝吧，男孩听后说"看来你是个食肉动物"。啊啊啊，怎么突然感觉餐厅周遭的人群走来走去这么吵闹呢？这个女孩本来安宁、还有些盼望的心情瞬间崩溃了，果真男人计较的是花了几十块钱陪你吃顿饭能否拉拉你的手，女孩却想的是我精心化妆以雀跃的心情出来陪你吃饭难道就是为了让你用糟糕的言辞毁我的心情吗？

畅销书作家李菁是比较幸运的，她翻看爱人闫凌的朋友圈后 5 分钟就确定了他是她的灵魂伴侣，她当即在微信中说"不要车子、房和存款，只要爱和陪伴"。闫凌也用了三天的时间来了解李菁，看她朋友圈，同她聊天，然后也确定她是他要等的人。还没见面，他就在朋友圈宣示主权，表明李菁就是他要等的人。这份果敢与磊落又有几个男子能做到？

见面的时候他给她带回明信片、异域风情的长裙、印着凡·高的向日葵图案的布包。李菁说闫凌很懂她。懂得是心灵与心灵的自然契合，然而要想走得长远，还需要双方都愿意花费时间和心思去了解对方。如今世间男子又有谁能做到为喜欢的女生这般用心呢？精心对待喜欢的女生，其实是善待自己、珍重爱情，若你不曾为爱情倾心以赴，又岂能要求对方春天来时在蔷薇花下等你？

社会的快节奏、高压力不是让男人可以变得没有情趣的借口，女性尚且可以通过瑜伽、阅读、插花来取悦自己的人生，男士们是否可以更努力一点？

　　若你学识不够，就请用阅读来凑；若你审美不够，就请勤奋修炼；若你非霸道总裁，就请做到体贴温柔。

　　等你着墨，等的是懂得，等的是可以共赴一半烟火一半清欢人生的那份情意盎然。这，是心智、才华、学识、态度、修养的总和，请不要轻怠。

第三辑　你把心情停靠在哪个城市

看山绝色，看花倾城

满城紫薇花开倾城，满山绽绿风动云移，这个城市又一次展开铺天盖地的美……

世间大美有多种。有一种天生丽质，清新脱俗；还有一种勤奋修炼，蓄时待日。济源的美却两者兼备。浑然天成独具一格的是山山水水，无声处自见妖娆；一时一日慢慢修炼的是道路、交通、住房、环境。还有令人欣喜的生活观念、饮食习惯、消费理念的变化。济源的美，是一种沉落随性的美，美在异乡归客的眼里，惊天动地；美在学生上学的路上，气宇轩昂；美在老一辈济源人的心里，常常令人感慨万千。

我曾经很多次写过对这个城市的热爱，却还是觉得不及济源发展的快和强，让人惊喜，让人写不完说不完……

如果过去的足迹可以用"快"和"强"来形容，那么未来的前行就应该更加铿锵，更加有力。新型城镇化建设、城乡一体化的实施为城市建设建构框架，植绿造景、文明城市创建让全市人民共创共建，工业化和产业聚集区的大建设加快了经济发展，借助旅游资源的各种推介会又会促使我们的城市被世界熟知。

　　济源梦，承载所有愚公儿女的希冀，承星履草，厚积薄发。我的梦，穿越清扬岁月的春华静好，越发轻盈。生活在这个城市，我经历着济源梦的实现，也有一个小小的梦被默默守护——现世安稳，岁月安宁。

　　也许每一个人的梦都只有这么小，可是我们的城市给了我们强大的依托。这个城市足够持重、丰厚、饱足，端然有知。似乎我们这一生的光阴，都只是为了抵赴一场生命里繁华的盛宴，然后倦鸟归林。她有足够强大的担待与赤忱，来平复强盛喜悦之后的隐隐空落，来饱满悲喜与共的冷暖人生。

　　为了这片土地的勃然生机，为了这座城市更美好，我们将过往菁华奉献济源，我们与济源再筑未来菁华。我的心中有一种弥漫心底的倾情与共，撵着星光来去的路途，便也都是心下的付出与甘愿。

　　静静流淌的潺潺水声里我聆听到济源梦的从容，巍峨耸立的山脉间我聆听到济源梦的坚韧，从来，她懂我静静的盼望，我懂她倔强的成长。

　　我与这个城市温柔相处，看山绝色，看花倾城。

紫薇花盛槐清扬

是什么样的时光，拈着花香，轻轻一宕，我就跌进了那个曼妙的画卷。紫薇花繁槐清扬，这个城市赋予的美好，安静地候在我上班必经的路旁。右边的槐借来清风，仙指纷扬，在我的眼前铺出一地金黄；左侧的紫薇待得细雨，抬眼而望，路边行走着一位撑着小花伞、结着丁香一样愁怨的姑娘……

北方的小城何曾这样轻盈柔婉成诗，锦绣延绵成画？我只以为这城只有山水泼墨的孤傲篇章，哪曾见得淡淡胭脂点点桃花晕染便独占芳菲当夏景，不将颜色托春风？若那坚韧的槐是城的守护神，朵朵繁花便是城的裙衫，含蓄中隐藏着几许张扬，一定要把美绚烂到底，如此，才不负了这姹紫嫣红的季节吧。

几乎每一条城市道路的两侧都可见国槐的身影，将一城繁华掩映在葱茏繁盛的叶子下。禅意的是，城市的最中心，林林总总的时尚品牌专卖店间落着一座小巧的寺庙，虽不著名，却也被当作城市文化被郑重地保护着。

城市最深处的原始森林，紫薇在附近的农家村舍繁花似锦，美丽妖娆，不计前渊后尘，不计凡俗世事，如此以人之情，度花之意，正是"忽发一枝深谷里，似知茅屋有诗人"，我，便是这样对她越发深爱了吗？那农家小院外摘下的花瓣，还能嗅到蕊里的芬甜呵！

然，偶见有人私摘槐米，便知尘事轻扬，薄如蝉翼。有片刻的心痛了然，很盼望，此刻难得的微风骤成急雨，挡了那些伸向槐枝的利铁。于是生出一个愿望，很想有一天，去看一看那棵荫蔽过刘秀的槐，如今的英雄风姿。看看那棵槐下虔敬的表情，相得庇佑，时时感恩。

春撒桃花夏播槐雨，路程朴素，步履轻盈，我只穿蓝色裙衫，拈在手心的时光，令相隔云端的盼望也变得莹然。

等我的人，我以梦相赠。等我的这花香，我馈以风雨兼程。

左手紫薇花盛，右手槐花清扬，我便相信下一程即是美人如花初见，而我只需伴着烟云暮色，在古老的诗词里等着枝叶泛黄，期待一场深秋将至盛夏光年的时光微凉季。

锦水汤汤　眷眷不去

伴着仲春时节四月烟霭，轻拢起湿漉漉的思绪，济水河畔的丝柳摇醒了小城多情的春。你宛如水乡女子，低眉顺眼倚门浅笑，含蓄缥缈间摆动曼妙的步姿，遥遥款款地来了，走过每一个归人的春夏秋冬。

沿着孟郊的"深红缕草木，浅碧珩溯洄"去走走吧，每一步，轻染在溟河两岸初绽的新绿，轻叩在春的门扉，轻打在行人葱白的指尖，轻绕进发间缠绵如瀑般的温柔。

无数次回望抵近那婉约的梦，织成晴雨涓涓，铺成思念潺潺，泅湿了思念里的一场桃花雨啊，就在回望你的那个刹那，春水一般，泪水涟涟。

小浪底的山山水水，国家级优质工程造就的美丽家园，坦荡如砥的玉带穿梭，星罗棋布的游园小品，时尚品牌的清鲜入驻……每一笔都是巧工妙笔，每一次挥毫泼墨都潇洒自如，不张扬不造作。

山有王屋的雄伟浑厚，水有三峡的柔媚缠绵。站在山的顶端水的此间，你看那青黛横眉的浅笑，在川流寂静中优雅成诗，苍翠中又不失豪迈，于是那心情便明媚成满城紫薇花开的姹紫嫣红，顾盼生辉，一霎回望便永世流转成字正腔圆的琅琅诗篇。

就这样，任习习清风拂过清亮的眉眼，任浸在卢仝茶社的袅袅茶香瘦了唐宋诗篇，由着一位佳人携着一簇绿杨烟从诗里袅娜而来，缥缈漫过浩浩碧波。静默，听雨，轻吟一阕词，捻进密密心事，一副梨花妆下淡了又浓，簪上青丝繁繁轻绾，窗下的红笺默默暄妍，诗尽黛墨，滴墨成画。

九月枫红时，漫山遍野的红叶像一支彩笔绘出王屋山脉的美景，霜洒枫林，层林尽染，若遇风起，翻腾成飒飒波浪。问问这巍峨的山，问问这柔情的水，你的身畔，仍然是当年陪你看红叶的那个人吗？让他的诺言与这样的巍峨并肩吧——那些生生世世的誓言在满山热情里掷地有声。

香岩寺前斗转星移下的皑皑白雪呵，映出一轮皎洁的明月，深情成仓央嘉措诗里的《见与不见》。

而你依然在寻常梦里，在朝霞与日暮凝练出的春秋里，迎接远道而来"膏车盘谷、拿舟枋口"的旅人，一如既往站在他们遥远的天涯，依山傍水稳稳守候，顶天立地深深祈念。

"风回一镜揉蓝浅，雨过千峰泼黛浓。"熟悉的山水铸成永驻于心的风景，把每一次的失落拧成无数次的旅途与归程，渐渐于汽笛与站台织成的落寞间明了我心。悲伤的时候他给你蓝天一样纯净的包裹，让每一位离开的人总是忍不住深深回望，不去异乡，只在你的原乡，此生此世，做与你顺水推舟相逢的红尘佳人，素手牵裳，将锦缎拈成绣色年华，于你信马由缰的红尘轻浅掠过，于月影婆娑灯火摇曳处化为一枚与你相伴的莲子，锦水汤汤，眷眷不诀。

济源：一座让人停靠梦想和心情的城市

　　赏红叶铺路，听清风写诗，济源的秋天适合放空自己，也充盈自己。从春天到冬天，我们走过四季的路，看过四季的花，济源的美一点一点滋养我们，我们的生活愈来愈丰盈清鲜。

　　春播秋收，当我们珍爱自然，自然便会给予我们更丰厚的馈赠。读懂土地的心事并且做到不辜负，为一花一木创造新的价值……几年来，百折不挠的愚公精神在这里延伸，我们植绿，我们护绿，尊崇自然，每一步都细雕慢琢，每一处都独具匠心，为的是让生态得到保护，为的是文明得到传承，让世世代代受益。我看到一座人与自然和谐相处的生态新城在飞速发展。

　　王屋老街三门杏园里栽满了杏树，寓意杏领太平，思礼万洋湖公园的粉黛乱子草映红了游人的脸，牡丹园的马鞭草细微相拥成壮阔……这样的美景让每个到来的人莞尔，我们在这醉人的城里相逢，每一个脸上写着喜悦的人，心里一点一点浸进无数温情，这份情意，你我与这醉人的城共知。

济源的美让人身心愉悦。出门即景，清新的春、安宁的夏、斑斓的秋、禅意的冬，这里的四季有多种色彩，这里的花养眼润心，这里的人温暖朴实。这里的灰尘都被越来越多的树吸附，老人孩子身体健康，女孩子皮肤都变好了。越来越多的美好吸引我们骑着共享单车慢慢欣赏。

济源的美激人奋进向上。所有的单位庭院拆墙透绿，所有的行业微笑服务，所有的办公室栽绿养花，天然氧吧一样的工作环境让我们每天伏案工作的时间里，呼吸着这些植物带来的清新氧气，仿佛置身于绿色田园般的大自然环境。目光所及皆为美好，身心所处皆有欢喜，我们每个人都神清气爽、气宇轩昂，有足够的精气神去把工作干得更好、把生活过得更好。

济源的美促人清醒自律。满目养眼的绿让人眼神清宁，内心安定。美丽的城市美景给我们满满的幸福感，住在这里的我们热爱生活、热爱家庭，不容易受外界纷繁诱惑干扰，时刻充满正能量，时刻保持自省与清醒。

满城铺开的花草和树木消融压力，又可以以优雅的姿态置身于时尚都市的迷离烟火之间。在这个城市住得越久，越看到这个城市的变化，就越觉得这个城里足以停靠我们的梦想、情怀。济源，就是这样以她独有的魅力促使我们越发热爱。

我把心情停靠在这个城市

是谁说理想和生活永远有些距离，让我奉为真理。像更多普通的人生一样，除了有几年在外地求学和偶尔出行旅游的经历外，我并没有在故乡以外的城市生活的经历。窃以为，我只是因了热爱，才不愿意踏出我离开的脚步。于我而言，我生活的城市，就是我最喜爱的原乡。

从没有停止过对这个城市的喜爱。从几年前就开始发现住在小城市的好处，不仅拥有四通八达的交通条件，还有清新的居住环境，鳞次栉比的环保节能小区常常令久居在外偶尔归家的济源游子惊叹，也让我们常常满怀感恩。偶尔晚上在11层的酒店顶楼赴朋友的饭局，看窗外的夜色犹如墨色的丝绒一样倾泻下来，有如入梦境一般的不真实感。这样的城市妩媚得像个神话，我一定要到我苍老前的那一刻还爱着她。

饭局结束后，自琉璃般的满城灯火间穿行而过，总会有片刻恍惚，我一直居住的只有几十万人口的小城，何时用智慧和双手装点出如此妖娆美丽的夜色？最喜欢，在这样的时刻去看湨河两岸的灯光，两岸有楼阁人烟，也有百花芬芳，站在河中央的石阶上，遥遥望向和水相连的天际，静观人生浮沉莫若虚无，真有种宁愿让时间驻足此刻的念头。更有时候，披着清晨的薄雾去世纪广场晨练，一路嗅着桂花的清香，身边掠过热情激扬的骑行队伍，再疲惫的心情也被这个早晨感染得清宁。忽然心生无限感动，我知道，我们的城市就是这样，每一秒都在前行。

住在小城市最惬意的就是可以攒着钱和假期到喜欢的其他城市消费和观光旅游，除却了空气污染带来的烦躁和快节奏的生活方式以及高房贷带来的压力，我们的眼睛可以保持澄澈清亮，我们的脚步可以一直慢慢行走，心情不会绷得那么紧，真正住在寂寞里便可以享受繁华。

如今，你可以穿着棉布长裙以为自己行走在丽江的小巷，你可以辞了行政单位的铁饭碗去养花种草发展绿色农业，当然你也可以在发廊做着头发的瞬间就决定了要和女友只用一个周末就去一趟乌镇，把生活过成梦幻，是时代赋予每个人的专利。只要你能想到，任何方式都不足为奇。只要你以你的方式生活，都会被这个城市接受，这是这个城市近几年来发展最令人感动的地方，因为，我们从不愿意落后。

曾经有外地来的朋友问我："你们的城市为什么早餐店这么少？"平时不觉得，被人问才觉得奇怪。想起在武汉、在上海旅游时，总会在细长的巷弄里看到有许多店面出售着热气腾腾的包子或是炸得金黄的煎饼馃子。而我们的城市很少看到这样的店。我们的早餐如何解决？基本都是在家里或是单位。要么，家里有习惯早起的妈妈或妻子，要么可以提前半小时到单位吃早餐，很多朋友工作的单位都为职工提供早餐、午餐，既干净又方便。我们城市的夜生活也不属于魅惑和梦幻型的，更多的是温馨和朴素。记得几年前曾经冒起过一些酒吧，却也不知为何又迅速销声匿迹，生命力最长久最红火的就是有关饮食的店。我们的城市就是在发展的同时还保留着传统，既在追求时尚，又固守着一份小城市特有的原汁原味的纯真。

像繁华都市间隐藏的世外桃源，像高楼林立间还有个人间仙境，所谓的自然舒适就来自人心的感知与承担能力成正比，没有高荷压力，又可以以优雅的姿态置身于时尚的都市迷离烟火之间。虽然，这只是个小城市，却就是这样以她独有的魅力促使我们越发热爱，我在这里出生、成长，也愿意把梦想、心情都停靠在这里。

　　住在一个喜欢着的城市，享受着这份舒适、自然与美好，与一个携手溪岸的人，共一场云淡风轻的花开，共一场且听风吟的淡淡欢喜，再想念着另外一个没有去过的城，当作一个梦，就这样浅浅地梦着、念着，度过了有笑有梦的一生……

漫倚斜阳，不怨晚秋

他的故乡在四川，我的城，在北方。远隔千里，山水茫茫。

然而他风尘仆仆，走南闯北，淡然而至，于是我的城市在他和他的工友们手下矗立起一座座楼宇。妖娆地，吸引了来来往往探寻流连的目光，崭新地，盛装进一段又一段清鲜美好的人生。

呵，原谅我的固执，我就是这样喜欢，把那样的盛装说成迎接，昭示着全新的喜悦。

他的城市空气清新，依山傍水，从那里走出来的女孩皮肤纯白而柔嫩。而我的城市空气干燥，虽然冬天飘雪的时候也会看到雪花皎洁，但随之而来的寒冷也会刺骨。就像我们总是用物质追求和表达幸福，那样凛冽而直接。

他批评着我的城，山不够绿，水不够清。

他也爱着我的城，说过了年就把孩子接到这里来读书。

偶尔他从亲手筑起的楼宇下经过，会停下脚步微笑，看小区门口的小夫妻们携着手进进出出，会有丝丝的羡慕和骄傲：看，这是我盖起的楼，这是我创造的，幸福生活。

在这里几年了，他说最适应不了的是这里的气候，比他们老家冷得多。

大概在外的人，都会那样切切地想家。习惯了行走，家只是一程又一程山水途中烙在心里那一抹快要褪去颜色的红朱砂，不碰只有隐隐的红，一碰就会疼。

若问及幸福的颜色，我们说只愿一生修得纯棉时光和温暖唇齿相依，此心安处是吾乡。他们也许会说幸福是个虚拟的词，哪里着得了颜色。

若究起追寻幸福的路，我们在纸上写：若得幸福，谁愿颠沛流离？他们在钢筋水泥里筑起故乡的墙以及异乡的灯火。

没有时间忧伤，不去想有无难过的资格，只有匆忙的脚步不曾停歇。因为他们，我的城市愈来愈像个神话。令生于斯长于斯的我常常热爱和感动，令外来的他们也愿意卸下行囊把异乡住成新城。

行走在不一样的城，却无暇驻足不一样的风景。也许偶尔仰望异乡的夜空，但心里只惦记着把这里的月亮和家乡的月比一比，是不是比家乡的圆。

我在想，全年在外忙碌的人，是怎样去适应每一个不同的城市上空游弋的云彩和耳畔的风声的？呵，不，云彩和风声属于诗人和寂寞的旅人，他们想要的安稳不过是光阴庇佑，现世温暖。

虽然走过很多城市，他们总也记不住路边的街景，但是会记住城市里某个位置有高楼叫什么名字，有他和他同伴们的参与。

是他，是我，还是你，我们都注定会在走过的城市留下一些足迹。是愈来愈惦记，还是会在偶尔的热爱后转身忘记，也许都会成为走向未来幸福中的灵巧一步。

是他，是我，还是你，总有一座城，总有一个人，一双脚匆匆追求自己的幸福，一双手急急打造送给别人的幸福。幸福的颜色就在这一给一予间，曼妙纷呈，意念深远。

是他，是我，还是你，踏过红尘漫漫一路骊水行歌，追着幸福昭昭一程山水一程歌，漫倚斜阳，不怨晚秋。

◆ 这是工作中一次访谈经历，令我感触颇深，作以记录，只愿给我的感动留下痕迹。

一树花开，满城清雅

　　这一刻，是新娘戴上石榴花出嫁的时刻。一朵石榴花鬓上飞，我的坚贞美好直抵你心，你是人间至爱少年郎，我是你世间唯美的珍藏，这是你我的传奇，此爱，诚挚坚定，此情，不容置疑。这一刻，我在与北欧相距遥远的中国，静候中秋的圆月，但是我像北欧的新娘一样，情感里有殷殷热切，因为我如此热爱着石榴花。

　　石榴树的雌花比雄花大而漂亮，起初清清浅浅的红，似乎有些试探、有些迟疑；再等，她便永远是这样的浅淡，不肯深去，清新而不柔媚，似一个婉约少女含蓄伫立。你怪她不够张扬，她不说话，这般执拗，是她的姿态，如若你懂，又怎忍责怪？但不管红或白，都能招来蜂和蝶。翩翩起舞的是彩色裙裾，亦是那灵魂的孤寂皎洁，却，缀满芬芳。只有艳阳，能让她吸足养分，毫不谦虚地染成深红，还要裂为四瓣，若她肯以她的姿态开放，你怎么能挡得住她的热烈？经历一段如此幻妙、如此传神的演绎，她露出皓齿，透明光亮，引得你不由得驻足，和她一起，心情灿烂，微微荡漾。

一树花开，满城清雅。这样的火红，总是盛放在岁岁年年，每一个夏初。一位女友的妈妈，执着地喜欢石榴，把它当作吉祥物，以为它是多子多福的象征。古人称石榴"千房同膜，千子如一"。于是她妈妈给她隆重庄严的婚嫁仪式，新房案头或他处置放切开果皮、露出果粒的石榴，亦有以石榴相赠来送祝福的亲友。把祝福和美满相互传达赠送，太多的美好，繁盛如花，丹华灼烈烈，璀璨有荣光，扑啦啦开遍人心，开出一家团圆和甜美，让人眼热心羡，香酽醇暖的母爱庇佑着清美如斯的人生。我只是一位友人，却也已经感受到缤纷花色乱，母爱永恒清亮如歌。所以铭记，常怀感恩。

"似火山榴映小山，繁中能薄艳中闲。一朵佳人玉钗上，只疑烧却翠云鬟。"这是诗人杜牧咏石榴的一首绝句。我一读便惊叹，最最喜"烧却翠云鬟"，何等热烈火红，像我的热爱，人生繁华美满，处处张扬璀璨，即使淡色调，也要是碧绿葱茏遍地绿色，于是一株石榴灿红吐放于万绿丛中，显得格外耀眼夺目，热烈而痛快。真真是"万绿丛中红一点，动人春色不须多"，诗人们以"碧油枝上昼煌煌""火光霞焰递相燃"形容绽开之榴花，可谓仪态万千，气象全出。宋代田园诗人杨万里的"半含笑里清冰齿，忽绽吟边古锦囊"最为赏心悦目，以笔点染她的美丽，诱人美姿和玉液琼浆般的品质跃然传神。

一树花开，满城清雅。石榴花的花语是成熟的美丽，在朴实无华中逐渐崭露出时尚与优雅。我的小城近来把她当作市花征选对象，似乎一个懵懂少女开始懂得追求美好、独立、毓秀的人生。

每年中秋，单位照例发给每人一箱石榴。而我对爱痴迷热恋，总是觉得不够，对感情的需索持续而贪婪，爱了便要到极致。于是我买回一棵石榴树，让她日日馨雅在我的阳台。像歌里唱的："我想要怒放的生命，就像飞翔在辽阔天空，就像穿行在无边的旷野，拥有挣脱一切的力量……"就这样，期待怒放，聆听盛开，让一朵朵石榴花怒放在小城的大街小巷、道路、公园、房前……让我们城市的每一个清晨和黄昏都在花团锦簇中惊艳，在粉雕玉琢中诗意盎然。

这是花的语言，交给懂爱的人，去践行。前生无邪，今世若饴。

这是一树花开，满城清雅；这是我生活的城市，安宁优雅，厚积薄发；这是我的家，阳台种下一株石榴树，绿藤下捧读李清照的《减字木兰花》，悠闲岁月便润在心满意足里，每日每时，畅饮清欢，鲜亮人生。

这是我的城，我的花，我的"青青子衿，悠悠我心"，我的"执子之手，与子偕老"。

一座飞奔的山

从公元前 2070 年到 1949 年再到 2018 年，一步百余年，上完这 30 个台阶，就从 4000 多年前的夏朝走进了新中国，跨越进了 21 世纪。

坐落在王屋山下的红色教育基地致力传播道教文化、名人诗词，道境广场石牌坊前的两根巨大的朝元仙仗柱上雕刻的朝元仙仗图更是表明了王屋山是道教圣地。把朝代更迭刻在脚下，把《愚公移山》凿在崖壁上，把《道德经》用 5210 块石头镶嵌……一砖一瓦见道心，一草一木皆空灵，一步一眼都震撼。珍藏和展示历史，每一步都细雕慢琢，每一处都独具匠心，为的是让文化得到传承，让更多的人受到洗礼。

在这里，我们踏着历史，感召精神，抚摸文化，走向文明；在这里，我们听历史故事，赏红叶画山，听清风写诗，放下满腹心事，放空自己，也充盈自己；在这里，我们"闲与仙人扫落花"，过往与未知碰撞，我们遇到更好的自己。这是一个红色教育课堂，也是一个天然氧吧，睁开眼看到峥嵘岁月壮怀激烈，闭上眼就可以和清风星辰对话。

王屋老街柱子、房梁维持着原来的沧桑，老街上每一块青砖都由全国各地精心搜集，砌石墙的工人对着水平线慢慢施工，小吃街、酒吧赋予老街现代元素……聆听历史的诉说不遗忘，读懂土地的心事不辜负，收下花木的馈赠不轻慢……尊重历史的同时，用敬业、自律、专注、忘我的创作之魂修建山脉，愚公精神在这里延伸，令万物都充满能量，一花一木都在空气中蕴满清芬。

王屋老街三门杏园里栽满了杏树，寓意杏领太平。道境广场前种满了秋樱，当我知道秋樱还叫作幸福花时，于是不禁微笑，这座山想把幸福送给每一个远道而来的游人。"爱、喜悦、和平"，我们一生所求的五个字，也是这座山的大手笔大情怀。这份情义，你我与这巍峨的山共知。

越了解这座山的变化就越是了解这是一种往极致里打磨的精致。

精致，可以是目标也可以是态度；

改变，什么时候都不晚；

前行，每一秒都在。

我看到一座静默的山，也看到一座飞奔的山。

在你微笑时，在你凝眸间，这座山把幸福送给你。

寻访旧时光，唤醒远行客，这座山用愚公移山的志气，用快马加鞭的速度，以更好的姿态迎接你。

世界越来越近

　　这是一条充满艰辛的路，全长 60 公里，共有 4 个隧道 44 座桥 116 座涵洞，最长的隧道 2001 米，最高的桥 114 米，背后是无数筑路工人夜以继日的艰辛劳作、风餐露宿；这是一条陌生的路，开通后行车量稀少，多数车辆只为游览观光，周边的很多村民甚至还不知道如何从入口上高速；这又是一条风景旖旎的路，龙凤隧道、牛鼻子山等很多不为人知的自然风景得以在世人面前展示……

　　我说的是济邵高速公路晋豫高速公路济源段，这一路，美不胜收，也令人感慨万千。

　　还在三年前济邵高速动工时，我曾以为，济邵高速没有必要，连通只有 60 多万人口的大山与平原，能带来多少经济效益呢？可是面对山边村民们探询质疑的目光和隧道里光洁明亮的瓷砖，我悟出了答案。有探索才会有进步有改变，这条路改变的不仅是交通，也将是村民的眼光，扩大的是眼界。以前跃跃欲试的生意，现在可以放手去做，节省了时间，增添的便是机会和效益。前所未闻的世界，现在就在眼前，尽可去领略、去探索。

刚刚结束的改革开放三十年歌咏比赛上，我再次为那首广为传唱的《阳光乐章》感动，"用青春和热血铸造音符，用理想和信念谱写乐章"，轻快的音符唱着奋进与和谐，唱着希望与梦想。

济源高速公路的行板也是一首动人的乐章。因为有了高速公路，环游世界各地变得更加经济实惠、方便快捷。想想，多幸福啊！虽然我们生活在小城，可是我们也可以近距离地享受大都市的繁华昌盛，而且可以从容自在，不必遭受高房价、高消费的种种压力，住在寂寞里便可以享受繁华。

行至济晋高速济晋交界处，很多同伴站在灯火通明的隧道前留影，彩虹一样的光圈伴随每个人心里的希望留在了相机里，也留在了记忆里。生活在这个快速发展的城市里，我们有越来越多的资本骄傲。以前是篮球城，后来是清新怡人的居住环境，现在又是四通八达的便利交通。

这一路，我沉浸在喜悦与感动中。曾几何时，我们的城市还名不见经传，但是眼前，美丽的小城也修起了高架立交桥。我只是把站在立交桥下拍的照片发给朋友们看，就惹得他们无比羡慕。

走在济源的高速公路上，我看到了一条通向未来的时空隧道。随着速度加快、时间缩短，人与人之间的距离也变得越来越贴近。于是乎，地球变小了，小得如掌上明珠，打开门，世界就在眼前。

对，就是近距离。由衷地希望，将来令我们骄傲的是发展空间与投资环境。希望高速路的车流多些，再多些；发展的脚步快些，再快些；世界与我们的距离，近些，再近些。

◆ 作于 2008 年 12 月济邵高速公路晋豫高速公路济源段通车之际。

104

站在山端看海

　　林绿成海、天蓝成海、云漫成海、花开成海……明明站在山端，我偏偏看到无边的海。

　　蓝天上的云好漂亮，白得不像话，总让人忍不住想吃一口。云又很调皮，仿佛有支神笔在天空嗖嗖几下，那白云一会儿变成跳跃的兔、一会儿变成奔腾的马，快要低到林海里，我担心她一不小心就会掉下来。

　　以前，只在丽江见过这样的云，团团簇簇，是伸手就能触到的美好，让人看了忍不住嘴角上扬。

　　他们说，因为树多了，天总是这么蓝；因为林多了，山像浮在仙境中；因为花多了，我们越来越有仙女气质。

　　林地面积由 69 亩增加到 129 亩，森林覆盖率由 38.24% 提高到 45.06%，国有林场职工从砍树人变为护林人。天保工程还山新绿，还林新颜。山像画卷一样美丽，赋予我们居住城市的清新空气，馈赠我们硕果累累。休闲、采摘写就致富经，老家老街成为打卡地，山楂、石榴变作热销品。

是树的功劳，是林的功劳，而人类，是功臣也是获益者，护林员是守护神。

我听从美的召唤，来这里访山、访绿、访花。

这里的树是绿的，松针是绿的，瓜果是绿的，到处都是绿的，连空气里的风都糅着树的嫩芽草的汁液，丝丝清甜往你鼻孔里钻。

这里的花如禅，让人觉得走在盛夏仍然心存微凉，令光阴也有了诗意，令阳光和微风的存在都只为予我锦时，赋我素年。

这里的阳光是柔的，阳光透过树叶的空隙落到身上没那么泼辣，闭上眼睛不说话，只想到一个词——"风烟俱净"。

去山上走走，心思就会变得清明。走在山林间，你能听鸟鸣如檐落，见绿蕨如瀑满，收获明净清和、宁静欢喜。所有的愿望归于简单质朴，在这里，遇到最真实的自己。

绿林有讯，蓝天白云听懂林间的风，从此山朗林青；花木有知，和着泥土的滋养，为这尘世添了柔软与生机；你我有幸，素手牵裳，走进这水墨渲染的盛美。

站在山端看林海、天海、云海、花海，震撼有之，感动有之，欣喜有之。美景当前，大自然是最好的画家，我们就是那研墨的人；资源珍贵，护林员是最好的守护神，用每天在山里徒步 5 公里、骑行 50 公里的步履，承启绿海松涛的翠绿——每一滴翠都是生态保护路上孜孜无怠、虔诚守护的希望。

黑暗就是他的盛宴

吃过不少苦。流连辗转很多个城市，山东打过工，陕西割过麦。身为煤矿工人的他掩藏起被镰刀划伤的腿肚，也掩藏起他的愤怒，还有他的酸楚。他说他明白这世界。

行如风，迅疾而专注，不喜怒于颜色；心如日，蒸蒸日上，能染红绿草茵茵的克井林海公园；意如铁，坚过磐石，创造财富实现梦想的脚步一刻不曾停歇。

吐纳山间的灵气，缓慢穿行狭长的通道，休憩在孤独等候中，映入眼帘的总是一个个落寞的身影，却别有一种独悟的情怀。

脸上布满褶皱、皮肤黝黑，指甲缝里有明显的煤渣，手掌裂成一道道黑色的网纹。看得出，这是行业留给他们的印记。

每一种孤独，都需要有人默默坚持；每一种艰辛，都会有人不言放弃；每一种幸福，也会有人静静守候。他们开采着光明，他们也是每个家庭的灿烂阳光。

不只要面对行动上的，还要克服心灵上的孤独、恐惧。但，会有期待与守望。参观过济源煤业集团各个矿井,最难忘的是三号矿井墙上的矿工全家福。每一幅照片上,他们都笑得很羞涩、很单纯又无比灿烂。

深 200 米以下,他们在开采光明;立于监控室,他们在用仪器为他们的劳动成果完成最后的操控。

所有的装备快速趋于现代化,装点着高度文明的煤矿。用生命承载梦想,还是创造财富的梦想需要用生命来依托? 行走于绿化井然的济源煤业办公区,看到楼下草地上已经有迎着寒风盛开的鲜花。楼群之间构成新的文化景观,经常组织的职工文明赛事,矿井办公楼宣传栏里还贴着董事长写的诗——我有一个梦想。

不再粗野、鲁莽,他们的生活如此这般令人意想不到地文明和富足,令人怦然心动。

煤矿人的生活,正循着这样的一条道路,伴随着现代文明的进步,走进广阔的自然和人生。煤矿人每每出发或进城,谈及工作在煤矿时,一些人自然会投来羡慕的目光。因为他们深知煤矿已走进了高度文明的快车道,并非以往的煤矿人所经历的缓慢、狭窄、恐惧、落寞的过程,煤矿人虽然牺牲了充足的阳光,放弃了温暖,但却认真履行了"阳光工程",拥有了过剩的阳光,为世界、为人类创造着光和热。

煤矿人是一道美丽、神圣的风景。

摘一片红叶与你喜悦相逢

越过夏，穿过山，带着心里暗暗张扬的盼望抵达济源邵原镇娲皇谷，与秋天的红叶喜悦相逢。

这五彩斑斓的秋，张扬铺排，且不失内敛。娲皇谷山顶满山的红叶海一样等着我，弥漫在我的眼前。是谁打翻了四季的调色盘，泼了一山的惊喜？又是谁用头顶的云霞，和来时路上的雾，将这凝绯的轻绡打造得沁绿、蝶黄，宛若仙境？

站在娲皇谷山顶看红叶，想到黄河三峡的红叶更添了水的妩媚和柔情，叶子是蓝天绿水间夹心的红。这里的水畔常常有风，坐在船上看山，红叶簇簇，黄叶飒飒，而我，和着风，回望船艉划出的水波，眯着眼，心情微醺，身处何方浑然忘却。走在玻璃桥上看红叶，盛年深处的繁华与寂静互为观照。我是走过四季的人，只为遇见足够珍重的灵魂。

走到娲皇谷半山腰和同伴拍照的时候，路边的游人也微笑说这样摆这样拍，惹来众人会心大笑。有人不小心脚下滑一下，马上有人过来温暖搀扶。是的，这里的山和树太美了，在美景面前每个人的心都变柔了、变暖了，路人都如故交。

山下有村民在卖南瓜、山楂、柿子，如果你尝了一颗离开，他们也不会恼怒，大自然赠予的美景、美食和这里的人都保持着纯朴的原汁原味。

摘一片红叶与深绿的松针合影，酡红是深秋浓墨重写的深情，黛绿是对松对山固执的坚守。

摘一片红叶与绿叶、黄叶、枯叶一起夹在书里，缓缓想起多年前的你，纸上写过，梦里寻过，到最后都如这几片叶的归宿，安静坦白且脉络分明。

摘一片红叶送给你，愿你收获所有的好运气，从此洞穿世间世事皆可原谅，从此山河从容，妥帖安宁。

我在济源，等着与你，与漫山的红叶喜悦相逢。

秋天的跑步机

初秋时买了一双小白鞋，特意挑了有小雏菊图案的，在傍晚时分去公园跑步，在霜未来之前，让小雏菊先跳跃在我的脚上。

沿着银杏苑跑道夜跑的时候，经常看到公园里有散步、嬉戏的孩童，外面有人在摆地摊，出售商品也出售游玩项目，有烤串、游玩的钓鱼池、玩具，价格都不贵，有几个项目可以只花5元钱就不限时间玩。摊主是位"90后"美女妈妈，一边看着一岁多的儿子一边照看生意。夜跑回来去小区门口的超市买东西，老板会问我怎么没带两个小可爱。因为我平时买水的时候，老板会把物品和二维码一起拿出来，一前一后带着两个孩子的我都不用下电动车。

几圈跑下来，就仿佛与这个琳琅的人间对话了好多次好多句，心绪也几番潮起潮落。

一直忙碌的我，在此刻真庆幸我能及时鼓起用跑步亲近周围世界的勇气。大自然的朝气需要在清晨通过鸟鸣去聆听，城市生命力量的蓬勃却在晚上感受得更直观。越来越清晰地认识到，我生活的小城妩媚、感性、温情。

有朋友近来转了一篇关于宋小女的文章《这个惹哭全国的笑脸，是你今年最该记住的瞬间》，有人评论道，宋小女的江湖气和少女心令人感动。其实社会底层不是有很多这样的人吗？常常渴望而不得，却仍然对生活满怀赤诚。只是很多辛苦未出口就被掩进了岁月深处，用波澜不惊迎接馥郁自来。若每个人都有机会回顾和表白，其实，每个人最应该感动的，是自己。

若是晨跑，我喜欢跑步结束后经过菜市场时买核桃、新鲜的花生、西兰花。我喜欢看核桃刚摘下来时的饱满，剥开金黄的外衣后露出白色的果肉，又润又脆，泛着清香，捎来田野里风和树的味道。花生也是，有泥土的味道，小时候最喜欢用潮湿的花生就着妈妈刚蒸好的馒头吃。季节馈赠的蔬果只有在正当季时、价格最便宜时方能吃出最令人念念不忘的回响，晒干了就意念全无，冰封久了再放到超市供人买回，吃的就是一种形态。

有人问"秋天是什么样子的"，半山老师说"秋天，是深入自己的时候，至少得长出点什么果实，足够让自己微笑着去拥抱寒冬。人比秋天更像是秋天"，我写"我喜欢的秋天丰硕不喧闹"。作家钱红丽在《春天的跑步机》里写春天万物的复苏和来势汹涌，我写秋天应该具备收获的能力。前时的因结此刻的果，我在秋天启程，待冬天的果。

从这一滴雨中跑进下一阵风里，穿过蝉鸣的聒噪，跑进蜗牛悠闲的梦里，越过紫薇即将凋零的花瓣，跑进玉米胡须的繁茂里。

在秋天的跑步机上，我与一只慢吞吞的蜗牛相遇，听它说，要向乌龟学习赛跑，跑赢自己心中的兔子。

112

微笑着笃定，轻盈着前行

绿水边撑篙，青山上寻露，向云层深处叩问一朵松果菊的来处。有没有一声清亮的笛音在林深处令鸟儿静驻、在水波上荡起涟漪？只是我越走向深处越觉得辽阔，越觉得天地澄明。

忘记了是什么时候跟山达成了一种默契，我只穿纯净颜色的衣衫。也许是为了方便让松针树上的绿保持清新，让心情可以在田野里铺开的小花间尽情跳跃时，不会夺取每一枚花瓣里的光芒。只要轻浅地、闲适地在这尘世间走一走停一停，任由池塘里调皮的跳蛙惊摇起一丛蒲苇，任由雨露对偶遇的一朵花临时起意，我是多么容易就微醺。

我知道，每一片叶的盈落都是对土地的告白，每一缕空气里的甜都是对世间琳琅从容的接纳。当星子遇上月光，无声也是浪漫；当红叶遇上寒露，盈落也是唯美；当我遇上秋风中的每一片落叶，我踮起脚尖的旋转轻舞是为了挽留这世间的所有美好，还是为了做自己心情的宣传大使？

其实无意向任何人表白，我只是希望自己能够养成善于从山川河流、

113

花朵枝蔓上寻找幸福的能力和习惯。

喜欢从开满很多花的小径上走过，或撑着一把透明的伞，或背着一个纯蓝色的包，成为别人眼中的风景，去寻找心田的朗润，去逢着奇妙的自己，让美意和善意互为照拂，我与美的相遇总是恰恰好。花香满径的尽头，除了花，就是人心的感知。相信美好，就容易感动；热爱自然，就容易接收美意。我从来不怕美景太多，只会用脚步丈量时光的距离。脚步踩在厚厚的落叶上沙沙响，一寸一寸的光阴都有了诗意。兴起的时候，一捧秋叶在手，掬起的是遗憾，洒下的是快乐，我和季节一样乐此不疲。

记得很多年前读过的一句话"世人如今爱朝令夕改，只有季节说话还算话"。是因为周边的人和事都不再重视承诺，还是变得自己都无法把握自己？只有喜欢和花草对话的人从容不迫。其实，很多按部就班、水到渠成的事都和季节一样，桂花按时盛开，秋雨按时送凉，我也会如期等来冬，储存喜悦和忧戚，早就有答案藏在一枝一蔓的经络里，嵌在确凿无疑的一给一予间，泾渭分明。

走过的每一步都算数，季节给予的冷暖每一刻也都有标记，轻盈在步履上，婉约在衣衫上，妖娆在粉黛乱了的草尖，流淌在每一个游人的眼底眉梢，弥漫成一幅苍穹回望、花眠长墙的画卷，就着不远的满地荻屑，就着山花万朵风烟俱净，可斟茶静坐，可把酒入梦，可把自己放心交与生命千真万确的晴朗。

要微笑着笃定，要轻盈着前行。我们比草木、比花朵更善于从循环往复的事里一点点长出新意，风起时，岚烟在林间的漫步会加快一点速度。偶尔，我为这碧草繁花的大地发一下呆，是给这充满爱惜的深情之心，再加深一分。

梦里来到花果山

尽管设想过无数次，夏末小沟背的丰富多彩还是让我觉得无限清新。

桃子、山梨，于山野丛林中随时会探出个头来让人眼前一亮。浪漫的橡树，就长在山道旁，伸手可触。还有向日葵，金灿灿地映照着整个山脉。行走间，不时有一只松鼠在溪边饮水，然后，哧溜一下就上到了树上，吃起了松果。偶尔一盘水蛇会横在你的脚下，待人走到跟前时，一溜烟跑了，吓得人心猛跳好久。当然大的动物没有碰上，只是看到大动物的蹄印及粪便，看到有野猪、山羊等动物活动的痕迹。

同行的曹姐向我们介绍，我们行走的这片山林全都属于当地一户王姓村民，论资产的话，他不比城市里的有钱人差，而且，是一整座花果山呢！语气里尽是羡慕之意。

行走间，我发现了一棵树，长在半山一块巨大的岩石缝隙里，挺拔的树干托着繁茂浓绿的树叶，似一位清丽的少女迎风舒展身姿，很是美丽优雅。走着走着就发现小沟背里有很多这样的树，或长在岩石间，或长在山道旁，形态各异，没有经过一丝人为的刻意打磨，只是以自己的力量生长，独自承载生命里的悲喜，于大山深处站成一道清秀的风景。

我们上山去摘桃，走到半山腰发现丛林深处掩映着一处农家。一个小男孩不说话，只知道看着我们害羞地笑。当我们问可不可以摘些梨子时，小男孩还是不说话，却沿着门旁的山路将我们带到一棵梨树前，攀着一根树枝轻轻一跃便爬上了树。我们站在树下稍一发愣的工夫，他已经替我们将一个纸袋子都装满了。

石磨磨面，石碾碾米，对臼捣谷，甚至花椒叶都可以炸来做一盘佳肴。小沟背的村民对待游客也有像山水一样淳朴自然的情意。有游客来的时候，他们会眉开眼笑，迎接八方。有谁迷了路，任何一个接到电话的村民都会进山去帮助寻找带路。在小沟背，饮食绝对绿色纯天然。自然采摘来的材料，再加上真诚待客的心意，小沟背的饭，香中有真味。

吃着无偿采摘的山梨和桃子，感受到的是远离尘世喧嚣的原生态的自然风景，整个旅程都是新奇与开心。掩映在都市喧闹的丛林深处，小沟背的原生态得以保存，无疑是我们的城市在保护天然景区方面的一大深远举措。回程时，途经坐落在大山上的美丽的邵原镇花园小学，我又看到了希望。生长在花果山的孩子们也一定有着坚忍的意志，能克服种种困难，在自己的天空尽情飞翔。

深深期待。

黄河黄，黄河蓝

六月底七月初，小浪底水利工程调水排沙又吸引了很多游客，站在观景位置可以看到黄河水从排水口巨浪滔天地倾倒下来，"黄河之水天上来"的壮观景象真切涌现在眼前，强烈震撼视觉和心灵。

排出来的水是混浊的，含着泥沙，滔滔东流去，让我想起1993年至1996年，在坡头镇连地初中上学时见到的黄河水也是这样的颜色。上初中的几年里，我们经常在背诵政治和历史课文的时候，找个安静的地方背题，就走到了黄河边。

黄河岸边的沙滩很黏软，光脚在上面踩一下再踩一下，就会踩出很多水来，水里混着沙浆，像一个瘪瘪的圆球，又像泥沼。我们乐于玩这样的游戏，可是家长和老师总是说这样很危险，总是三令五申禁止我们这样玩，于是偷偷踩几下赶紧停止。

我们的青少年时光，在黄河带给我们的快乐里渐渐远去。等我们长大了，学校被合并了，小浪底水利工程修建结束投用了，我也离开了村子到城里工作生活。如今关于黄河，印象最深刻的就是排沙放水和黄河流鱼。

因为黄河含沙量大，每年夏天的调水排沙保证了黄河的正常流量，也使小浪底水利工程拉闸放水蔚为壮观的场景吸引游人络绎前往。

排水以后紧接着排沙，就会出现"黄河流鱼"的景象。朋友圈里常常看到别人去捞鱼的视频，也有朋友曾经送我亲自跳进黄河捞出的黄河鲤鱼，他从黄河里上岸时，腿上满是泥浆。我一看就告诉他不要再下水了，安全第一。

最近这些年，黄河水除了流鱼的时候是混浊的，其他时间多数都在天蓝色和靛蓝色之间转换。我常常在调水排沙以后，站在黄河边听黄河水一浪一浪打来的哗哗声，更常常独自坐在蓝色的黄河水前陷入悠远的静谧，浅水处甚至可以看到水底的石头。这样的环境让坡头镇得以大力发展旅游业，连地村修建了湿地公园。黄河给我们美景和美食，在治愈眼睛和味蕾的同时，给我们宽厚、恩慈的心灵滋养。

就像附近村里很多人的名字中带有"河"和"桥"字一样，父母随手拈来就可以让儿女的名字成为别人口中一个响亮的称呼，正是浑厚或澈蓝的黄河，给我们的情意和厚重。

每次回老家，车一进入坡头街开始往西走，我的心就觉得亲切又惬意。我的车在小浪底专用线上走，我也在黄河的庇佑下走进岁月深处，迎接人生的端然和馥郁、喜悦和安恬。依着黄河岸边正在修的滨湖大道通车以后，可以实现让人坐在车里就能把黄河美景尽收眼底的美好愿景。

我希望，无论是那段路还是人生，我都走得慢一些，不错过途经的每一分美好；我相信，无论走得多远，回望时，深沉绵长的黄河都在原地，予我守候，等我归来。

琉璃胄

满目山河琉璃胄，偶拾的一句话让我百思不得其解。我看到的山和河都那么丰盛饱满，怎么能用琉璃形容呢？直到立冬后再去看落叶，发现此时的落叶经过风干如此易碎。

原来琉璃胄是这个意思。

初秋时，叶子最初从树上飘落下来的姿态，像一个瑜伽练习者，体态柔韧，脉络清晰，对世界有一种居高临下、隔岸观火的怡然自得。谁说不是呢，无论是谁，内心丰盛，便是底气。这个时候的叶子是有分量的，落到厚厚的落叶上，会有"啪啪"的声音。又想起，盛夏里去看荷时，在微微荡漾的风中，在人群中，一瓣荷花落到莲叶上也是这个声音，有意料之外的重重的声音，因为荷花的花瓣和初秋的叶一样，都很厚重。

我想它们能有如此震撼的声响，大概也因为对未知世界的信任，知道将会被承载。

然而，总会有什么打破它的宁静。就让风来承担这个罪名吧。当它饮过的露被讨回，当树的枝干变轻，这时，叶子变得枯黄，脉络更加分明，棱线凸出，一碰就碎，便若琉璃。我忘却了脚步的沙沙声，只有心里的疼在汹涌。因为，风拿走的，也并不一定是它需要的。

霜在柿子上跑来跑去，花朵从指尖落下来，该怎么责怪它们从美丽到凋零—不小心也给我安了个罪名？我常常徘徊在好与坏的一念之间，倒也无妨跟它们学一场调皮，毕竟我还要去来年的春天偷得梨蕊三分白。

从渐起的红到满山层林尽染，再到脆若琉璃，叶子在最终归还于大地之前，把生命的斑斓郑重交付给对自然的顺应和通透，没有故人，也没有敌人。

——正是人间一身秋，人人眉眼都温柔。

古诗词里访济源

仿佛打开一部厚重而凝练的史册，这段寻访的旅程奇异而曼妙……

"济源山水好，老尹知之久"，白居易称赞的济源是一座令历代帝王将相、文人骚客在此流连驻足、挥毫泼墨的城市，是一处具有万年文化积淀、千年道教文化传统的风景名胜区。这里济水悠悠千年流淌，千里太行蜿蜒无际。有"红了樱桃，绿了芭蕉"的闲适和从容，也有"月临峰顶坛，气爽觉天宽"的豪迈和释然。

数不胜数的文物古迹和文化遗址来自历史的慷慨馈赠，木结构古建筑居全省之首，黄帝祭天、女娲补天、鲧禹治水、后羿射日、愚公移山等，一个个历史传说古老久远，一段段神话寓言名播中外，每个词都是一个传说，承载着一个城市沉甸甸的前尘往事，打磨出一个城市代代相传的生命经典。

喝了七碗茶，买得一片田，是否可以打造一个中原的"鲜花山谷"？这样就能够在每个晨露清莹、每个薄暮渐渐之际，静看繁花烂漫，细数片片过往，与朱生豪的情诗完成一场穿越，成就前世今生的沧海桑田——令时光知味，岁月添香。

盘谷寺周围墙壁淡青的苔痕印记着岁月流逝的痕迹，就这样矗立在青山深处，静默中不失磅礴，淡雅中流露着恢宏。透过一炷香问尘世，星光低垂不语，你的寻常梦里，有没有遇到那位"膏车盘谷、拿舟枋口"的旅人？

生命虔诚温柔，把这山水望穿，你的笑是一次次凝眸间萦绕的千回百转；把这花草看遍，和他的故事透过锦瑟年华穿透指间。"山色好当晴后见，泉声宜向醉中闻。主人忆尔尔知否，抛却青云归白云"，这个城市没有那么大，而你却再也没有见过他……

看山绝色，看花倾城。镌刻在记忆里的时光清浅流转，你喜爱开在掌心的海棠，还是飘落眉间的早樱？年华里洒落了一地的碎影，还有匆匆走远的岁月，我们与无数人擦肩、走散。他们，都如历史悠然地随流水缓缓而逝，起承转合间，令一个城市如同一个故事般渐入佳境。

择一城终老，许一世倾心。而我踏着倾城月色，拂三千琉璃，采撷花的明媚，轻沐月的温柔，与你轻捻春夏的微光，待到秋凉时，我"愿随夫子天坛上，闲与仙人扫落花"。

那些未曾抵达的旅途

或清风微凉，或小雨婆娑，每到一处，都觉得空气清新。我一个人，在旅行的途中，我的身边是各色各样的人群，雀跃或者落寞的表情，每一个停留之处于我都只是匆匆一个站台。

我就是这样上了路的，满心满心都是欢欣和向往。但是，居然无可预料地，所有的旅程待回味时我才发现，我在刻意或无意中，与之前设计的行走路线总是有一些距离。

去苏州，因为满心向往寒山寺，晨钟暮鼓，悠远恬淡，却再三地推辞了朋友对拙政园、苏州园林的邀请；去北京，在西单图书大厦、三里屯逗留很久，却回避了长城；去上海，为南京路上的一句伊氏女人网的广告语"我是，我行，我素"震动，却无缘看到东方明珠夜景的璀璨；在西安，又因为连绵的雨错过了观看兵马俑……

在上海时，我用了一个下午的时间坐在那个城市最繁华的街道边看行人，看看究竟谁的眼睛里会有我想要看到的天空。这是有些偏执加不可理喻的想法。可是有什么不对呢？做了那么久循规蹈矩的小女生，我总是可以偶尔发一下呆的吧？偶尔反叛一点，偶尔另类一点，走出生活已久的城市，随便去哪里，也许，会邂逅些许惊喜。

要回去了，才发现天色渐晚，而我们还没拍照。于是拿着相机狂拍一阵。回来后对着照片很恍惚，那夕阳下的钟楼宛如在梦里出现了无数次的场景一样模糊而不真实。

我只是以一种游离的姿态匆匆而过，很多风景很多感动，总在回忆里加分。

有些事，因为珍重，反而刻意。总要留一些距离。

一直在行走的庆山仍然柔软纤细。爱读书爱思考的人总是这样，即使走过了千山万水，经历了粗犷的风霜洗礼，仍然善感敏锐，仍能切切地感受到那些最揪得人心疼的细腻的情节。比如余秋雨，比如庆山。包里一本余秋雨的《出走十五年》跟随着我，失却了光泽，布满褶皱，却总是不忍丢弃，每次出走，依然会放在背包的底层。我总是感动于"没有香烟缭绕，没有钟磬交鸣，没有佛像佛殿，没有信众如云，只有最智慧的理性语言，在这里淙淙流泻。这里应该安静一点，简陋一点，借以表明，世界三大宗教之一的佛教，在本质上是一种智者文明""最羡慕，那个咖啡座里微笑的目光，只一闪，便觉得日月悠长，山河无恙"。他是位智者，却仍然那么懂得沉思，轻易沉醉。

丽江的柔媚，婺源的纯粹，西藏的空旷……甚至那些曾经错过的风景，都在宿夜的梦里，在未知的视线里期待着与我会合。

明月无霜，好风如水，清景无限。下一站，也许仍是这样漫无目标地行走。我渴望流浪的心在那样浓烈的盼望里融化成冬阳下的雪水，从声势浩大到归于虚无，绚烂得像一场梦。梦醒了，手中握着的，是触手可及的真实，浓烈的幸福。

你把心情停靠在哪个城市

有些人生，注定在行走。不是一个人出行，而是一个人不停地从原乡到异乡，居住、生活，独自奋斗在陌生的城市，像是盛开于明媚繁花中的蒺藜，坚强而优雅。

独自一人过平川、别长亭，穿行于时光交错间，把春天的故事拧成了忧伤的篇章，浮云游子落日故人，指尖慢慢地凉……

只是陶醉于某一个瞬间，在某个城市某个酒店顶端的旋转餐厅，捧着咖啡杯睇睨整个城市的夜空，昂首看星，俯首观尘，默然寂静，安度春秋。

往昔山长水阔迢迢千里追逐，此间只是寒山碧水，一场萧郎远路人归，我把你刻进心尖，却不知把梦丢在了哪里。

一个人总要走陌生的路，看陌生的风景，听陌生的歌，然后在某个不经意的瞬间，你会发现，原本是费尽心机想要忘记的事情真的就那么忘记了——《幻城》结束语。

有些人，注定一直在行走，也不停地在追忆。走完那一城城风光，身后泼一池池水墨春秋，打开回忆的行囊，会不会发现，有一个城市，有一个地名，恰如其分裹在那里，拿出来看一下会有一点点疼，若是出差的行程里有那个名字，你会蓦然心悸，甚至想去跟老板说可不可以不要去，然而心底又有一点点想去的意思……

除了故乡，每一个城市都只是异乡。然而住得久了，熟悉的站牌和街道让人渐渐觉得这就是原乡。若偶尔回到故乡，逛个商场还得拿着地图查好久路线图——习惯，胜于爱。对一个城市的习惯，像是习惯一个爱人的怀抱，扑进去，就觉得身处的这个世界是这样生机盎然、踏实无比。

一个人，一双鞋，嗒嗒马蹄掠过媚态横生的江南；一颗心，一双手，虔诚拜过香火袅袅的庙宇。因为有了记忆才让一个城市越发生动，而我只记得来路，我只为寻找所谓伊人，在水一方，所谓幸福，在心中央。

酒醒处，门外秋千，紫陌红尘间笃定幸福会有轮回。不饮忘川水，不问菩提树，只任落木萧萧下，把心情哼成歌，心有甜泉如饮甘醴，等待一个与你携手溪岸的人，与你共一场云淡风轻的花开，共一场且听风吟的淡淡欢喜。

我来西塘看过你

西塘于我，是自乌镇以后知晓的第二个古镇。

很多年前，我把自己平时写的小文章发在新浪博客上，认识了同在博客写文章的西塘原创服饰品牌"花制作"的店主。那时候原创民族风品牌不多，购物网站上有名气的也只有素萝、裂帛和花制作。她常常穿着自己设计的服装，拍美美的照片发在博客上，发在线上店铺。

看着她时而怡然时而倔强的眼神，我常常发愣到出神。每一个自由的灵魂都通过眼神、通过服饰由内向外张扬着与众不同的神采。而身处小城的我，只是每天穿着湮没于大众的服装，上着两点一线的班。喜欢素瓶干枝的人，心里该有多少绿叶。而她活出的样子，就是生活在中原小城的我期望的繁盛。

然而我实在是个很难把自己的简白变繁盛的人，一直遵从眼前的平铺直叙，以为这便是安然于生命。直到2019年夏天，因为一份意外的工作安排空出来几天假期，我才发现心里想去江南的愿望一直沉寂着在等待被唤醒。这个时候，两个女儿尚有阿姨照顾，于是我终于说走就走，来西塘看看虽然后来彼此生活频道不同，渐渐不再有交集，但总归曾经存在于我生命经历中的你。

从花制作店主发过的照片上看，我以为西塘只是拥有几家文艺小店的街，可是眼前的西塘是光鲜的、热闹的。正好是暑假，游人特别多，人声鼎沸的小吃街、重金属质感的酒吧街……时尚与古朴的结合，我竟有些恍惚。

快十年了，我终于来了，却还是赶不上趟。

穿着绣花布鞋，走了很多路，才走到了位于西街的花制作。不算是特别热闹的街道，途经的行人很少。进去看看，只有一个穿着民族风服饰的女孩在看着店，没有顾客。我的手抚过那些薄雾一样的轻纱，抚过那些刺绣，与那些明丽到热烈的色彩暗暗对话，店主设计的这些服装里该有多么浓烈的情感。

是的，强烈地感受得到，如她说制衣的过程便是修行的过程，顾客上身之后的欢喜之念，便是修行的成果。

最终选了一件深蓝色的半裙，像我的小城那般含蓄。这些年读过的书大部分偏向文艺，写过的字还算淡然，于是有一些人说我适合棉麻，适合民族风。然而只有我知道，我的心曾经如此盼望这么张扬。

素衣白裙，旅行、看风景，走走停停，来到花制作庭院前，叩响这扇门，我想找一个什么故事呢？忽然就想到那首歌：我要稳稳的幸福，用一颗红豆换一个宇宙。

我仿佛看到记忆里的自己，那些散乱的情绪被如今安然盈握，纵然隔着千山万水，隔着时间湖海，终于妥帖安放。

晚上在热闹的烟雨长廊看夜景，有一家卖伴手礼的店最文艺，店内的墙上绘了很多改过的名句，初看让人觉得俏皮，细看便觉得诗意不够。甚至觉得来回行走的人，脚步也这么匆匆，不知道有没有人会和我一样，觉得如果所有古镇上的红灯笼都一样的话，就会让人连心事都不是唯一了。

　　如此，了然，人生若轻慢，婉转向心生。

　　最远的旅行是从自己的身体到自己的心。能治愈我的从来不是时间，而是来过。2019 年的夏天，我来西塘看过你，我来西塘问过自己。

　　那句歌词的下一句便是：放开了拳头，反而更自由。

我在乌镇把玫瑰坐成莲

　　一阶一阶踩着过往，一步一步青苔潮润。有什么是该记得的，有什么已经忘记了，都不重要。就像我离开乌镇很久，一直未曾找到合适的词提及，但是她仍然安在时光深处，等我有一天回眸，能看见她在记忆里对我予以关照。

　　过去了很多天，那乌篷船仍然在眼前摇晃，那踩在青石阶上的绣花鞋明明是无声的，却又为什么铮铮地响在心上？当一声，心就疼一下。抚过青石巷藤蔓的手如今握着鲜蔬瓜果，我的远方和烟火，多么相得益彰。

　　泅渡过千年光阴，承载过太多悲喜，乌镇的油纸伞隐到岁月深处，不复多见，但仍然有古朴的屋檐供我避雨；乌镇的雨怜我，来的时候只柔柔淋漓，不曾多么滂沱；乌镇的商铺，连招牌都是故事；乌镇的棉麻围巾妥帖，可以在晨露里予我周到，也可以裹挟所有的不堪和失措，让我在镜头里只留下浓墨重彩的一笔；乌镇的风景太安静，适合放逐故事也适合贮藏故事。如果你要走进乌镇，得提前准备好了，不然眼和心都会不够用。但我只想把自己沉进梦里，只想让心情停顿，什么也不做，什么也不说。就这样静，就这样净。

从乌镇离开时想到我的城，小而温暖，落在掌心上细碎的阳光都充满情意。乌镇却是安宁中泛着微凉的，是因为雨来得频吗？很想把她的清柔带到我的城，于阳光缝隙里，于风声飒飒中糅进一些软绵。

乌镇的云很淡，淡到让来过这里的人，离开时都云淡风轻。

乌镇的雨很调皮，随时会淋湿衣角和心事，如果你有心事，最好在下雨之前就抛空，不要让这里的雨浇灌，否则以后会像荒草越长越密。

乌镇的桥小巧古老，桥下淌着碧色的水，水中有船摇着慢悠悠的橹。随便在桥上坐一坐，就把心里奔腾的玫瑰坐成了朵朵静莲。

对望很多过客，看过很多故事，乌镇的气质仍然俊眉朗目，如翩翩少年一般鲜衣怒马驰骋在来过的人心里和未来的人梦里。

为什么爱乌镇？因为她不仅仅是乌镇，还是我的梦里扯了很久的忧伤，更是我想要温习的过往，是我在诗里频频提及的远方。

我的心里住着一个云南

喜欢到微博或者网店，看一些民族风的手作。手链、项链、挂饰……似乎每个作品都收藏着一个故事，一场烟火醉尽了风情……余味袅袅缠绵悱恻。我想每一个作品背后都氤氲着作者的浪漫，摇曳生姿，花枝招展，令我羡慕、嫉妒、喜爱。

跌宕进这一场浪漫里的人，都极度恋物。我也曾经买回很多这样的小物件，让琐碎惊艳成旷世，哪怕，只是一个人的地老天荒，也足够赖以充温饱。震撼有时候是无法共享的，只能一个人沉醉到其中，梦里不知身是客，一晌贪欢。

所以一直能够理解从泸沽湖走出来的杨二车娜姆为什么那么骄傲自若地戴着那朵花，那么美的花，就是应该天天拿出来给人看的啊……把生活过成梦境，是时代赋予每个人的专利。只要你能想到，任何方式都不足为奇。

茶花、布包、大理、泸沽湖、过桥米线、丽江。还没遇见，就已经是故事。浪漫是那样华丽丽地铺排，我的向往像山茶花一样愈燃愈烈。

有多久了，我的心里，一直住着那个金庸书里写过的风花雪月的彩云之南。漫山遍野的茶花将我弥漫、淹没，等我抵达。

想去云南，寻找段誉和王语嫣曾经踏过的山。想去云南，拿着花花绿绿的布艺记事本，炫耀出一段绮丽。

终于有一天，我可以观过路之人的俗世万千，穿过机翼下伸手可摘的白云朵朵，掠过苍山洱海的朗朗晴空，饮过客栈里的玫瑰花茶——千山万水的奔赴，只为这云梦萦绕的七彩云南岂能被平白辜负。

并非说走就走的旅行，一切都在计划之内、意料之中，酝酿良久，所以会与每个人相逢时都笑意盈盈、落花满肩。

与意料之中不同的只是，曾经非常向往的手工花布笔记本、水洗刺绣扎染布都没有买，只是千里迢迢带回几盒玫瑰花饼和小粒咖啡，回来就着温暖的灯、喜爱的书，就着那些软在舌尖的甜和精致，掠过记忆里一些喜悦与悲伤，撇过那些淡在眉心的欢喜与惆怅，慢慢学会担待与原谅，与这世间温柔和解。

在那块"我在丽江等你"的标牌下坐了很久，每个人来到这里都容易爱上发呆这个姿态，急匆匆的争取变成用文火熬煮时间。待所有的苦辣酸甜一一尝尽，便只剩下对世间的美，只是路过并轻拿轻放，抑或只是，清清淡淡地隔岸相望。

从云南回来以后的很久一段时间里，我不曾为这段旅途写过只言片语，所有的感动都凝结为——不言盛景，不叙深情。我只是相信，满城绽放的杜鹃花记得我的足迹。

——是否这样，我就算是没有辜负走过的这几千路云和月？过尽千帆，方知落花飘盈，来年还开，一定能滋养出来年的心想事成、心满意足。

桃李无言，从未辜负走过春天的人。山河无恙，从未辜负雨雪和阳光。岁月无伤，从未辜负每一次红尘相逢。弹开落在指尖的花开馥郁，

133

信步走过叶落尘泥。常常感慨光阴漫长，却心知岁月匆匆，这世间，唯有爱与美好不惧山河，不怕凡世。花朵会对春风答一声"哎"，柔软会对深情应一声"在"，我们手上美好的光阴，不偏不倚刚好能够读懂。

第四辑 你给的温柔像花瓣落在左手上

爱与美的互赠

世界赠他爱，他赠世界花木美

格桑花开了一朵又一朵，红红的石榴花愈燃愈烈，核桃树弯弯的枝头穿墙而过，在路边对人招手，还有成片的冬凌草清新翠绿——这是初夏时节在济源示范区克井镇枣庙村看到的场景。村民们说，这都是苗喜平的功劳。一个老人为什么要把所有时间都投入到村里的环境美化上呢？通过走访，我了解到，是出于感恩和爱。

苗喜平原本是克井镇枣庙村建档立卡贫困户。现年 67 岁的苗喜平原本有个幸福的家庭，一家 4 口虽不富裕，可小日子过得幸福美满、有滋有味。可是，2014 年 3 月，苗喜平突然被确诊为肺气肿，需长期住院治疗、观察。这对于一个本不富裕的家庭，简直是晴天霹雳，家里仅有的一点积蓄，很快就被他花完了。同年 4 月，他家被定为建档立卡贫困户，一个幸福家庭因病致贫，一个乐观的人陷入困境，村干部和扶贫干部看在眼里，急在心里，多次上门看望他、安慰他，鼓励他振作精神，坚强起来，战胜病魔。

有了国家扶贫好政策的支撑，苗喜平家的生活条件得到改善，他的病情也逐渐好转。闲暇时间，他常常思考着不能当等、靠、要的贫困户，必须依靠自己勤劳的双手来改变命运，一定要做些什么来脱贫。帮扶人员得知他的脱贫愿望后，就根据他家的实际情况，积极为他出主意想办法，最后决定引导他种植桃子、薄皮核桃，套种冬凌草。享受了一系列精准推进的扶贫政策，他又重新燃起对生活的勇气和信心。"只要人勤快，就会有收获，就能过上幸福生活。"苗喜平说，他现在仅农产品一年就可以收入 1.2 万元，他和老伴在冬凌草基地打工，一年还能收入 6000 余元。通过自己勤劳的双手，2016 年他的家庭光荣脱贫。驻村工作队研究帮助在镇区一大型超市旁边为他的老伴安置了小生意的固定摊点，月收入也有五六百元。

这是以前想都不敢想的事，是帮扶人员把美好的生活和未来送到了他们的眼前。他是个懂得感恩的人，就开始想做些什么事来感谢他们。

于是这以后，每天一大早，人们总能看到一位老人或清扫路面，或捡拾垃圾，或养花种草，或浇水施肥，或修剪枝条……忙得不亦乐乎，过往的行人和村民，不时与他招手、问好。他渐渐成为三里五村、十里八乡群众公认的热心人、老善人。十余年来，他每天默默打扫着卫生，管护着花草，不计代价，不图回报，用善良和真诚无私奉献、服务群众。

为什么会用这样的方式来回馈社会？不善言辞的苗喜平只说"咱就做些力所能及的事"，我却从他弯腰捡垃圾、抬手剪枝的那些动作里看到了他的花木心。心里住着花木的人有最温柔最美丽的心，他是一个内心丰盈润泽的人，有草有花木的世界对他来说是丰富的、美丽的。可是他却不自知，只因为他心里住满了对政府的好政策的感激。

苗喜平的事迹影响着身边的每一个人，激励着每一个有劳动能力的贫困群众改变了等待、依靠的思想，通过自身的勤劳奋进，实现早日脱贫。在他的带动下，有十多个村民参加义务劳动，每次来都是自带工具。无论是村民还是行人，都可以共享他们带给世界的美。也许更应该说，是世界给的爱，让他们的生活变得美好了，心就会变得温柔。

爱因斯坦说"复利是世界上第八大奇迹，它的威力甚至超过了原子弹"，我更愿意把世界的越发美好理解为爱的叠加效应。世界送给他们一粒爱的种子，他们就会送世界繁花盛开的花园；世界送给他们一片薄叶，他们就会送世界一个绿洲；世界送给他们一丝动力，他们就会送世界前行的力量……

世界赠他们爱，他们赠世界自强美

大峪镇三岔河村的村民燕召武是残疾人，他因幼年多病，身高仅1.5米，全家4口人，妻子常年在外，女儿在市区托教班工作，儿子在大峪镇二中就读。虽然他有耕地1.22亩、林地3.2亩，但是身单力薄的他在生活中有许多不便，外出打工常遭嫌弃，为此他总觉得低人一等，并且没能力赚钱才是最大的困难。2014年因残、因学被评为贫困户。

驻村书记了解他的情况后，为他提供小额贴息贷款5万元，帮他在自家房顶发展光伏发电项目7000瓦，年收入0.8万元。享受养牛到户增收补贴5000元；女儿读书期间享受雨露计划3000元/年，国家年补助助学金4000元；儿子享受两免一补每年2050元补助；新增添3000元的家具，改善生活环境；申报公益岗位护林员，月增加收入800元；还给他申请了全家低保。已于2017年脱贫。

为了确保扶贫由"输血"变为"造血"，驻村第一书记常委经常到燕召武家进行扶智扶志座谈，不光给他讲政策，还讲各种励志的奋斗故事，鼓励他精神振奋起来。常委书记的话让他放下了自卑，对世界、对生活敞开了心怀，认识到总是指靠政府的帮助是不行的。他决定结合自身条件和市场行情发展养猪产业。帮扶责任人又为他申办了3000元光伏产业分红，帮他建设了年出栏150头的养猪场，目前已发展存栏肉猪70头。他把全部精力和心思都放在了养猪场，不懂的、不会的拿着书本啃，打着电话向老师请教，脏、苦、累在他眼里成为脱贫致富的通道，虽然布满荆棘，但他甘之如饴。2019年，燕召武家总纯收入达到了7万多元，翻身一跃达到了村里的小康水平。

黄国政是大峪镇三岔河村的村民。1971年6月出生，家里4口人，耕地面积3亩。因为他患有结缔组织病，鉴定为四级肢体残疾，享受慢性病卡服务。平时全家生活全靠黄国政一个人在外漂泊打零工，生活十分困难，2014年因学、因病被评为贫困户以后感觉生活找不到方向，心情也十分压抑。

"如果能让他通过自己的劳动获得足够支撑生活的收入，对他的家庭生活和心情都会发生质的改变。"驻村第一书记常委深知对扶贫户的帮扶更重要的是鼓励他们焕发出对生活的热情。于是他经常把好政策一点点分析给黄国政，鼓励他回乡创业。

在外打拼的黄国政在听到可以办理小额贴息贷款解决创业资金问题后，下定决心发展养猪产业。他拿着村里帮他办的小额贴息贷款5万元建成年出栏150头的养猪场，养了百余头猪，年收入逐渐递增，2017年脱贫，2019年年收入突破15万元。"猪倌"除了勤劳养猪外，村里还为他安排了公益岗位公路保洁员工作，月收入1900元；妻子在镇上托教所工作，月收入1500元，既能照顾孩子又增加了收入。

2020年疫情期间，示范区张战伟书记到他家里走访的时候，黄国政激动地说："近年来通过帮扶，让我该享受的政策一个也没落下，如今通过小额贴息贷款发展养殖产业，甩掉了穷根还奔上了小康路，疫情期间驻村工作队非常关心关注我的生活、养殖物资需求情况。"

每当说起对党和政府的感谢，无论是黄国政还是燕召武，他们都会有点语无伦次。他们多次说以前就算想做什么也做不成啊，根本没有资金起步。

不过我们都知道，就算资金、人力、销售渠道俱全，一个人要实现梦想也还是会遇到各种困难，通往梦想的路总是布满荆棘。但是他们都没有退缩，没有畏惧。面对今天通过勤奋换来的幸福生活，他们要感谢自己敢梦想、敢开始，更要感谢国家。驻村书记带着政策来了，也就是给他们插上了飞翔的翅膀。他们身残志不残的自强品格就是自己的风，好风凭借力，一定会飞向更远的天空。

世界赠他们爱，他们赠世界求知美

王屋镇某村的一户脱贫户，他们非常重视孩子们的教育。他们最令人感动的是，无论多么艰苦的条件下，他们都坚持教育两个孩子要刻苦读书。他们最传统最本真地相信"读书改变命运"。没钱的时候，去借，去想各种办法。村里也想方设法帮助他们，通过让他们当村医、给女主人介绍护理工作，让他们有了一定收入。他们在家里会不断结合自身经历向孩子们讲述知识的重要性。

孩子们深知父母的辛苦与期望，无论是清晨悄悄起床背诵还是深夜伏案读书都特别自觉刻苦，很争气地一个考上了博士，一个考上了本科。

据说，多次有相关人员想采访这两个孩子，都被他们以正在学习的理由婉拒了。但是疫情期间，村里组织大学生帮助小朋友辅导功课的时候，学业任务相对轻松一点的本科生弟弟又会积极主动辅导村里的 3 个小朋友。驻村第一书记说他很有担当。

是知识，让我清晰地从他们身上看到"自尊、自重、自强"三个词的生动体现。从他们身上，我也看到一个村庄未来发展的格局，相信一个能如此用行动诠释热闹与安静、输入和输出的人，将来会给这世界注入满满的正能量。

青萝河边，这是一个坚强的灵魂在用智慧改变命运和心态。爱和知识都在传承，簇簇风声、淙淙水声会记得他们为知识努力的每一个瞬间，也会把这些传递给村外的人，传递给世界，让每个人从他们身上受到鼓励……

世界赠给他们爱，他们把各种美和感动赠给世界。像《半山文集》里说的："人生一路走来，生活给予人的一切都是礼物。曾经再苦涩的过往，也可以咀嚼出好多的甜美来。"面对苦难和贫穷，由世界给出的爱像阳光雨露，让人生变得轻盈美好，生出无限希望。只要他们用自己的勤劳奋斗——接收，就会把身上的苦难变成甜，酿成蜜。

"爱出者爱返，福往者福来。"扶贫路上，这是一场爱与美的互赠和接力，赠出真情，远离贫困，收获富足的生活和丰盈的内心。赠出人间大爱，收获越来越美的和谐济源。

不停陪我"折腾"的老爸

我和老爸都是急脾气的人，想到什么事非得第一时间干完才能安静下来。而我又是不停地冒出新想法的人，实现的过程又经常麻烦到他，所以回顾一下，感觉老爸真的是不停地陪我在"折腾"。

前些天我想在卧室里弄个工作区域，所以想把电脑桌加小书柜移到我的卧室，这样方便在孩子睡了以后我起来阅读写作。老爸一听我说的理由，二话不说就来帮我移柜子。先把书柜上的书搬出来，然后把将近2米高的柜子先拆解成桌子和柜子，搬到卧室以后再一本本把书放回原来的位置，又接好宽带接口。他像一个装修工人一样忙活了大半天。

2018年，我卖房子搬家，我上班不好请假，只能和买主商量着推迟腾房子。老爸却说交给他就行了。于是，老爸在我上班的时间，把孩子的鞋子、家里的花盆、我的荣誉证书、来不及整理的旧书等各种零零碎碎的物件搬了个彻彻底底。电动汽车空间小，如果放了一个穿衣镜，就不能放其他物件了，我问他用电动小汽车跑了多少趟，他说记不清了。但是他却记得搬完了以后把房子打扫得干干净净，以至于买主收房子时连声夸我们。

　　我们老家有春节前炉馍的习俗，就是把发好的面做成一模一样的模型，抹上油撒上芝麻以后放在铁皮制成的鏊里，上面点起柴火炉熟，炉出来的饼金黄松软，香味袅袅，谁尝了都喜欢。但是如果要做得多的话会特别耗费工夫。后来我们搬到市区住以后，老爸就总是惦记着如何让我和弟弟在过年时吃到炉馍。于是他日思夜想，多次研究尝试，终于制作出了一次可以炉 30 个馍馍的特大鏊，还把鏊改良为抽拉式，方便取馍馍和打扫柴灰。今年又经历几百次细心打磨，做出了一个周围全是花纹的模具，这样就省了给炉馍切花纹的工序，既省力又提高效率。

　　很久以前在一本书里看过一句话叫作"每天一个新太太"，说的是女主人如果经常换换发型、换换服装风格会让人有新鲜感。已经 60 多岁的老爸没看过这些书，但他却经常说，只要是想做的事，只要是对学习有利的事，就不要嫌麻烦，想到了就去做。他也做到了不厌其烦地陪我"折腾"，甚至"折腾"生活的劲头一点也不比我小。我想，其中的原因，一方面是他一直尝试着像我们一样去接受新事物，不管年龄多大，都对生活充满了热气腾腾的劲头；另一方面是他真的很爱我。

"向日葵女孩"的共同特质

一

故事要从与"向日葵女孩"的一次偶遇说起。

济源梨林镇分管扶贫工作的副镇长李化敏是我从小到大的同学加好朋友,"向日葵女孩"是我给她起的昵称,因为她总是那么明媚向阳,用自己性格的光照亮别人。

这些年,我只知道她忙,惦记着工作,又惦记着上高中的大女儿和两岁多的小妞,要是想见面得提前约。2020 年 5 月 30 日早上,跟随"农行杯"文学助力脱贫攻坚采风团的大巴车,在梨林镇丰之源门口一停下就听见化敏熟悉的声音叫我。她说没想到我会来,我说我也不知道现任梨林镇副镇长、分管扶贫工作的她负责今天的接待。这算是我们的一次"偶遇"。

看她戴着草编大檐帽子,穿着浅蓝色的短裙,还是那样利落地迎接着参观人员。间隙里我问她是不是等我们参观结束她就可以回家陪孩子了，她说不是呢，还有一波参观的客人马上就到。双休日经常这样，习惯了。

怪不得作为她的闺密，我却很少刷到她的朋友圈，翻看她的很多条关于美食的朋友圈都发自深夜，那是她加班、接待工作、会议结束的时间，是我已经入睡的时间。

但是作为闺密，我也没听到过她一句抱怨，反而看到的总是她高效的工作效率和乐观处事的心态。同事们遇到什么事处理不了，或者老百姓遇到什么问题都喜欢来找她，她不絮叨不责怪，瞬间找到重点，常常寥寥几句就解人烦忧，每句话都像是"十点读书"的标题。她的老公也说从她身上学到了很多道理。我想应该是她大量的农村工作经验使然：面对问题，洞察力强；面对工作、家人和朋友，好脾气成了一种修养。

参观结束后，我发了一条朋友圈说"想要见谁就写一篇关于她的文章"，后来觉得这样写不准确，因为与她的遇见不是偶然。如果你的朋友是扶贫干部的话，想见他（她），只要到扶贫一线，就肯定能遇见他（她）。

二

王屋镇谭庄村最打动人心的扶贫产品是花溪水咸鸭蛋和七碗茶草木染：咸鸭蛋的味道恰到好处的咸里泛着清香；草木染把卢仝的七碗茶染进布里，立刻给普通的布赋予了文化内涵。

咸鸭蛋的品牌名"花溪水"来源于华溪蛋制品加工厂。一位市领导在帮扶谭庄的时候说，要给咸鸭蛋取一个美好的名字，要在青萝河边种满花，要让谭庄村里的每个人都像花一样越来越美。现任驻村书记张珊霞在注册的时候发现"华溪"和其他商标重复了无法注册，于是和厂里的相关负责人一起商定了"花溪水"这个名字，正好加上了花的美意和青萝河水的清澈。从他们的话里，我感受到她想让住在花满山谷的谭庄的人，走在村里收麦种谷的时候能嗅到花香和食物的香，一睁眼就能看见花瓣的绽放和盈落，一开口就能吃到滋味悠长的咸鸭蛋……

于是我从青萝河边沿水而过，嗅着蓼蓝草的清香，去寻觅这个村庄前前后后的经历。近年来，谭庄村通过协调资金建成投用党群服务中心、建设华溪蛋制品加工厂、传媒集团结对帮扶、积极发展蔬菜制种等，落实教育扶贫、金融扶贫、医疗健康扶贫等政策，2019年谭庄村的建档立卡共有4户9名学生享受到教育扶贫政策，同时有慢性病的建档立卡户享受到用药保障，扶持建档立卡户发展产业和个体经营。截至2019年底，全村建档立卡户27户96人全部脱贫。

现任的女驻村第一书记张珊霞，她心里最柔软的地方就是山上孩子们的教育。疫情期间，她组织了村里的大学生们成立了"大学生扶贫志愿服务队"，动员了十几名大学生在双休日没有网课的时候，为村里的小学生、初中生们辅导功课，传授解题技巧。把每周五村里的"幸福课堂"改成网课教孩子们画画，本来老师要求孩子们第二天交作业，但是孩子们积极性很高，经常是一讲完课就交了作业。

因为采访事宜，与张珊霞联系过几次，她不是匆匆忙忙地往市区送货，就是在筹备第一书记直播带货，去往山区的路上还要构思交给上级部门的文字材料怎么写。看着她在炎炎夏日里晒红的脸庞，我懂得了，选择了谭庄和老百姓，就得放弃午后的美容院和双休时给家人的正常陪伴。

从"花溪水"到草木染，无论是名字，还是物件包含的意义，都是驻村书记倾自己所有给谭庄的浓情厚谊。他们对这片土地深沉的爱体现在食物飘溢的香上，体现在时刻为这个村庄的变化感动里，这个村庄古朴纯然的美意嵌在"花溪水"咸鸭蛋、草木染、香包里，随着他们的爱将会越走越远……

三

初次见到大峪镇的副镇长李文娟,第一感觉就是这又是一个"向日葵女孩"。34岁上任分管扶贫,现在37岁,每天在山上走多少步,记不清了;有过多少次自己单独面对和处理以前未曾遇到过的问题,也记不清了。能记得清的是自从到大峪镇工作后再也没有买过高跟鞋,以前买的飘逸长裙和高跟鞋也全部束之高阁。

有一次下乡途中,李文娟的车胎扎了圪针,当时扶贫工作任务艰巨,每个同事手上都有大量的工作,她不想麻烦别人,就自己开车几十里到另外一个镇的修理厂修轮胎。平时下乡时,如果遇到车里空调不管用了,她就自己开车去加氟,又经常因为没时间去,就只好扛着晒、扛着冻。来到乡镇工作以后,偶像剧里女主角有白马王子拯救的幸运从来不可能发生,苦和累要自己扛,问题和事情要自己面对。比起以前在市区工作时,她的开车技术突飞猛进,心态也从一个等着被人宠的小女孩变成一个善于独立处理事务的"女汉子"。

李文娟多次说很感恩她有个好老公、好婆婆。是啊,乡镇副镇长这种工作强度,若是没有人在家照看好孩子,她又该如何没有后顾之忧潜心工作?她常说自己年轻,没有太强的事业心,只要把分内工作做好就知足了。但是在火辣辣的太阳底下,我看她穿着湖蓝色的衬衣和深蓝色的裤子,拿着话筒对我们如数家珍般讲三岔河村的变化就知道,她理解的分内是"全力以赴,绝不敷衍"。

我撑着太阳伞看着她,眼前飘过"亭亭净植""气质如兰"两个词。繁忙的工作环境下,心里该有很多净气,才会有这般气质。

听村民们亲切地叫她"闺女",村民们的眼光真没错,这么纯朴阳光的女孩,只对爱着的乡村和土地纯善付出、不计回报,把一腔真情都给了群众,这就是咱老百姓的"好闺女"!

四

来到邵原镇神沟村，又一个干练的女驻村书记聂云出现在眼前。穿着平底鞋、蓝色九分牛仔裤、白T恤的她站在我们面前，显得干练利落，没想到她已经快50岁了。

春节期间，从大年初二开始，济源所有驻村书记全部上岗，她把孩子放在家里交给老人照顾，自己到村里和村民一起抗"疫"，一连两个月没有回家，回家时，小区门口的保安都不让她进门。

聂云说："人得干点有意义的事，老了才不会遗憾。"晚上没有工作的时候她就在住处附近散步，看着山顶上空星星布满苍穹，她常想，原来只要心中有景，诗和远方就在眼前。

邵原镇分管扶贫工作的副镇长卢燕，2017年到邵原镇任副镇长的时候二宝才5个月，还没给孩子断奶的她只好带着保姆到邵原镇上任。她的老公每天在市区负责接送10岁的大女儿上下学，各种艰辛可想而知。可是在我采访她的时候，她说这对乡镇干部来说很普遍、很正常。她从2004年参加工作起就在大峪镇工作，大女儿有很多时间也是在山上度过的。无论是班子成员，还是乡镇普通女职工，在产假到期后都只能带着孩子上班。

我问她扶贫工作特别忙的时候，如果遇到临时到市区开会或者加班的情况是不是也要把保姆、孩子都带着，她又说很正常啊，这是乡镇工作人员要面对、要适应的第一个问题。一说完这些，我就仿佛看见她开着车，保姆抱着孩子，拿着宝宝衣服、纸尿裤、水杯等物件大包小包随时跟她出发的场景。又想到自己作为二宝妈妈，在琐事多的时候对生活生出的各种抱怨。比比她们，我们需要深思、需要学习的太多了。

从这几位奋斗在一线的女扶贫干部身上，我看到不光是化敏，而是她们每一个都具备了"向日葵女孩"的共同特质，就是说话明快，性格坚韧。她们用快言快语、洒脱干练的性格对待工作，把心中的温柔体现在对老百姓、对乡村、对脚下的土地大写的、爽朗的爱上。她们服饰打扮的共同特点是灰蓝色，她们一年四季都穿平底鞋。她们经常奔波在乡镇和市区的家之间，面对工作和突发事件必须迅速判断做出决定，没有时间优柔。她们是父母、公婆、老公心中的独立女性，也是老百姓心中的"向日葵女孩"。看见她们，老百姓就有了主心骨，就看到了阳光。

　　2019 年底，济源所有建档立卡贫困户全部脱贫。扶贫攻坚这场战役中，少不了她们和无数女扶贫干部的参与，她们播洒阳光，内心温柔，时刻保持着明媚向阳的心态，永远心怀美好，把工作干得这么漂亮、把自己活得这么漂亮。我们的扶贫攻坚战记下了她们的功劳，我们的心被她们的明亮照耀时，也应该像花朵把善和美赠给世界，也应该积极努力去做自己的"向日葵女孩"。如此把正能量循环传递下去，才不辜负她们为脚下土地的深情付出。

我是两个舅舅和舅妈的"粉丝"

最近每天早上醒来，经常看到我的两个舅妈又在给我的视频号上发的关于黄河、关于赏花的视频点赞了，连我点过赞的内容她们也一一又赞一遍。

大舅妈在农村住，刚开始用微信的时候还用不好，现在买菜、去超市都会用微信付款了。平时有事跟我说的时候都是打开微信语音聊天。这几年二舅妈在家照顾孙子，每天主要的生活内容就是做饭、陪孩子玩、闲了玩手机看看小视频。我的公众号和视频号开通以后，就经常看到她们给我点赞、转发。

我拿着手机说："舅妈真好！"女儿说："她们是你的粉丝吗？"女儿稚嫩的话又让我笑了，但是她却启发了我，其实，人生中，应该说我是两个舅舅和舅妈的"粉丝"。

我童年很多时间在姥姥家生活，所以总觉得对姥姥、对两个舅舅和舅妈的感情都很深。无论我住多久、吃什么，两个舅妈从来没有计较过。姥姥在世的时候，两个舅妈从来没大声对姥姥说过话，不管姥姥说什么、想吃什么，她们都会尽力去做、去买，她们细心、善良、宽厚。她们作为妯娌30多年互相之间也从来没有红过脸、吵过架，如果隔几天不见，她们还会坐在一起聊好久家常。平时我和姥姥住一起，每次两个舅妈做了好吃的都会给我们送来。

大舅不善言辞，常常沉默。但是当别人向他借什么东西的时候，只要他有，就从来不会吝啬，偶尔，大舅说话也会很幽默。记得有一次，是我六七岁的时候，和大舅一起走山路回家。走着走着遇到了一个留着长胡子的路人，等那人走远以后，我问大舅这个人是不是坏人，大舅笑了，问我为什么这样说，我说电视上看的，这种扮相的人就是坏人。他又哈哈大笑，还说，那以后他都不敢留胡子了！2009年我买房子的时候钱不够，给大舅打电话的时候，大舅豪爽地说："买房子用少了可不行，我得多给你准备些。"

大舅妈特别明理。五岁多的时候，有一次和大舅妈的女儿，也就是我的表妹打架，因为看着大舅妈坐在旁边，明知道是自己占理也不敢还手。大舅妈看到了不仅没有说我，还鼓励我："别害怕，打回去！"长大以后我和表妹成了感情特别好的姐妹，大舅妈这句话在我心里住了几十年，成为我珍惜她和表妹的坚强理由。

大舅妈和姥姥住一个院子，所以对我喜欢吃什么她了解得更仔细。每次我要来的时候她都会提前用自己种的绿豆发一盆豆芽，包上几笼饺子；知道我喜欢吃蒸菜，大舅妈干脆每年在自家菜地里换着样子种上几畦，每年春天隔几天就在微信里向我通报长势。大舅妈成为姥姥和妈妈去世以后最了解我味蕾的人。

二舅当过老师和小学校长，最能洞察问题，也最善于做思想工作。我感觉我和表弟表妹们有什么心事都瞒不过他。他格局很大，很早以前姥姥说他买东西不讲价的时候，他就说讨价还价的时间省下来可以创造更多价值。所以他从来没把自己的钱看得多么重，在亲戚朋友们谁有困难的时候、谁家闹矛盾的时候总是尽力去帮、去协调。他有个口头禅就是"大家都过得好好的我也开心"。对我来说，我之前一直也未曾料到，人生中在我最困难、最无助的时候用一些温暖有力量的话语鼓励我、帮我渡过难关的人中，他是最重要的一个。

二舅曾在我最难熬的时候给我打过的三次电话，让我常常感慨万千。

第一次是妈妈一直生病的那些年，我常常需要请假带她去医院，即使不去医院，好好坐在办公室上班的时候心里也很乱。特别是 2008 年我要结婚的前夕，即将到来的新身份以及各方面因素都让我压力巨大。这期间二舅给我打过一次电话，认真跟我谈了关于身份、关于压力的困惑，鼓励我不管遇到什么境况都要从容、轻松地去应对。

第二次是在我打算买房子的时候。2008 年底打算买房子的时候，当时的房价每平方米 1000 元多一点，没几天我们就看好了一套带阁楼和车库的六楼的三居室，总价 22 万元讲价到 20.5 万元，而且还是一手房手续。我们感觉位置、面积等各方面条件都很好，但我看着存折上令人羞涩的数字，怎么也没勇气下决心。正在犹豫的时候二舅打来电话，一听我说情况，二舅说："不怕，首付我们大家帮忙给你凑，贷款虽然有压力，但是以后工资会涨的，每月贷款的还款金额却不会变。"我一听就觉得，是呀，我怎么没想到呢？后来我们果然没几年就还完了借款和贷款，又靠自己的能力换了电梯房，于是越来越觉得二舅真的是个充满智慧的人。

第三次是装修房子的时候。借来的钱都用完了，但是贴瓷砖的工人一天都不肯拖欠工钱。完工那天，我和老公拎着给工人送绿豆水的水壶在楼下一筹莫展。这时候接到二舅的电话，他问我最近咋样，有困难了不要忍着。我一听这句话泪就忍不住哗哗流。结婚的时候我们自己工资都不高，双方父母也各有难处，所以装修房子都是和老公一起借钱，也不敢跟他们提装修中遇到的事情。再说二舅在买房子付首付的时候已经借过钱给我了。后来二舅再次给我转账付了工人工资。第二天我才听表妹说二舅正在医院住院，他长了肠息肉做了个切除手术。我去看他的时候，他淡定地说反正是小手术，在医院很闲，装修又是烦琐的事情，就想到问问我。

2017年冬天，我生了大妞满百天后，这时我妈已经去世多年，婆婆年龄大了也不能帮我照顾孩子。二舅和二舅妈看我一个人在家照顾孩子辛苦，就多次给我打电话说接我到他们家住些天。我知道带着孩子去住到他们家肯定会添很多麻烦，就再三说不去。二舅连说没事没事，说他的儿女都在外地，反正他已经内退不上班了，家里多个小孩还会热闹一些。后来，我在他家住了将近一个月，每天都是二舅和舅妈把吃的用的该洗刷的都给我准备妥当，看到我照顾女儿累了，他们还赶紧来哄一会儿。

有一天早上起来，看到将近200斤体重的二舅坐在餐桌旁耐心地给我包饺子，我想我一辈子也不会忘记那个场景。

他为孩子们做什么从来不怕麻烦，也从不求回报。刚结婚的那年走亲戚要带的礼品多，二舅就在大年初三时起得早早的，冒着雪开车到市区来接我。

两个舅舅和舅妈对我好的习惯一直延续到我结婚、成家、生孩子以后。我妈去世以后，他们对我更加体贴。两个舅舅和舅妈一直觉得我还是那个小小的孩子，家里的花生、核桃熟了给我送，做了好吃的想着我。大舅妈给我捎核桃、花生最常用的袋子都是编织袋，因为装得多。二舅妈在我怀孕、生女儿的前前后后打电话问我反应怎么样，问我想吃什么，每次来城里都会给我捎她自己蒸的包子、菜糕和在菜市场门口买到的好吃的油酥饼。虽然她们在镇上，我在市区，但也不妨碍我总是能吃到她们送来的美食。我经常接到她们要给我送东西的电话，同事都说，从来没见过谁有这么好的舅妈。

不光是吃，她们的爱还渗透在精神上。我参加"书香三八"的征文活动得了奖，我教会孩子背一首诗，我每次在朋友圈发了一段优美的文字，她们都会积极给我点赞。

　　每年春节和农历六月望夏，我去看望他们的时候都会早早地、用心地准备礼品。这些年我给他们送过电火锅、饺子馅绞肉机、床上四件套、花茶壶等，平时去了会捎一些洗衣液、肥皂，有时候给两个舅妈买件衣服，她们总是说我想得周到。其他的，他们从来没有说过多么优美的词句，可是我却知道，是因为爱，才会觉得我总是需要照顾。无论是美食还是"点赞"，都是他们传递给我的爱和正能量，积极、向上、明理，成就了美好的自己，也教我营造出温馨的、能量满满的家庭。

　　我笃定前行在他们自带光芒的照耀下，一路拥有被庇佑、被在意的幸福感，也终于渐渐长成能够给他们照顾、体贴的样子。所以说，我才是那个他们不知道的，但是却一直在坚决支持、爱戴他们的铁杆"粉丝"。

秦姐：一个在世间种花修篱却毫不自知的人

　　跟秦姐的缘分是从 2015 年春天开始的。她帮我照顾大妞两年，直到大妞上幼儿园。

　　秦姐全名秦红梅，就住在离我家不远的马蓬村。第一次来家的时候，秦姐打扮朴素，说着普通话，很温和很亲切。问了她的家庭情况，她从厂里内退在家，一个独生子在外地上大学，家里只有她和老公两人。她说她喜欢小孩子，和小孩子玩着当是锻炼身体了，要不然无聊时总是打麻将，人生多没意思。

　　我相信路遥知马力，人心浮潜在岁月渐浓处。但是衣着干净、言谈大方、思维清晰的她，事实上确实一直都如初见时那样给我舒服的感觉。

　　大妞初交给她时，我一方面慢慢适应着与女儿初离的不舍，一方面也面临着下班后匆匆忙忙往家赶的紧张。每天都是下班路上把菜买好，到秦姐家接了女儿，然后爬上六楼回到家，把女儿放在客厅的爬爬垫上玩，站在厨房一边给她做馄饨或者鸡蛋面一边看着她，吃了饭玩一会儿再哄她睡觉。睡两个小时左右，把她叫醒，再给她穿好衣服送到秦姐家，等我下午下班了来接她。

愿意这样倾注精力是因为对女儿满满的依恋。生大女儿的时候我已经是高龄妈妈，生了她以后就一直是自己在照顾，从没和女儿分开过。我总是希望尽可能自己亲自照顾的时间多一些，上班时经常会想起女儿圆圆的小脸、想起拉着她柔软的小手的亲昵。

可是到了十月进入冬令时节后，中午时间明显就不够了。常常是我要上班了，孩子还没睡醒。于是秦姐就跟说我中午不用回来了，让女儿在她家吃饭、睡午觉，我只要下午下班以后来接就行了。

这样的话，她可以和孩子自由安排时间，有时候会带着孩子去她的亲戚家串串门；中午我也能睡一会儿，偶尔还能去下美容院或上街购物，之前真的是连去给孩子买衣服的时间都没有。

"世上所有的爱都是为了相遇，只有母爱是为了分离。"我接受了她的安排，也渐渐彻悟，从心理上正视、接受分离是为了成就更好的彼此。她一定是明白的，但是也用她的方式尊重了我的犹疑。我主动给她涨了些工资。可是每个月给她转账的时候她都说不急不急，总是说我太认真了。

大妞两岁的时候，有一天接到她后，发现她会背《回乡偶书》，她说是娘娘教的（娘娘是本地的口语，即伯母）。其实我也知道秦姐在教她数数字、背唐诗，不过没想到她已经在挑战七言诗了。

那两年，她便是这样尽心尽力帮我照顾女儿。我上班的时间，她会带着孩子学爬行、学走路、学说话，有时候逛公园，有时候去亲戚家、邻居家串门。只有在孩子病了的情况下才会给我打电话，保证我可以安心上班。我偶尔回家晚了也不用担心她会计较，更不用担心她会不管孩子吃饭。这几年都记不清有多少次她自己花钱给孩子买儿童座椅、送生日礼物，和她的爱人一起带孩子吃德克士。她的言与行都让我放心、省心，免我后顾之忧，让我安然前行。

大妞三岁的时候二妞出生，我先后找了两个亲戚住在家里帮我照顾二妞。她们天天在我上班的时候陪孩子玩、做饭、洗衣服，直到二妞两岁的时候可以上早教班了才离开我家。我很庆幸在两个女儿年幼的时候亲近相处的人都是善良、细心、体己的人。但是没想到的是，我要上班，还要接送两个女儿，她们放学时间又早于下班时间，老公的工作性质依然没有改变，我还是要面对一系列问题。

有一天从村里经过时遇到秦姐，她看我带着两个孩子急急忙忙回家的样子，就跟我说："需要帮忙接送了说一声。"可是这次她坚决不要报酬，只说在家闲着有时间，看我忙不过来搭把手而已。

人与人之间的缘分被老天安排得刚刚好，正好我需要被照拂，正好她愿意给出她的正直、温暖；但人与人之间的情分在很多时候却真的无法给予恰好的及时的回馈。每年春节，我会精心准备礼品去秦姐家拜年。可是没想到她和她爱人转手又给女儿压岁钱。我觉得过意不去，以后便不再带女儿去，可她还是会在我们假期结束后见到女儿的时候塞给她。

她对孩子付诸真心。偶尔孩子生病或者放假临时交给她的时候，她会提前早早起来蒸了小花卷、小包子，包了饺子等着。大妞初上幼儿园时，她有时会到幼儿园外面看孩子们在操场上跳舞。再在多天以后云淡风轻一般向我谈起，从不给人负担，不给人压力。她也会开心地向我谈起和大妞一起走路的时候大妞说"娘娘，这里有水坑，你慢点"。

这年端午节放假的第二天，女儿就在问什么时候才能开学，什么时候才能见到娘娘。每天下午下班后去她家接两个女儿，二妞正在吃东西的时候，会直接招呼我："妈妈快来吃！"宛若在自己家。

与秦姐相识这些年，她从来都是笑呵呵的样子，脸上从来没有过阴郁。爽朗、纯善是她的标签，每次看到她就觉得人情温暖、世间可期。每当有朋友问我如何照顾两个孩子又能兼顾工作时，我就特别感恩，是秦姐尽心尽力帮我照顾孩子。虽然不是亲人，可是她在我最需要帮助的时候帮我最多；明明她为我做了很多，可是当我请她吃饭、送她礼物时她又总是不要。

《半山文集》里说："一个内在很美好的人，做着一些美好的事，因为这样的人在真实存在，而让更多的人对美好充满了期待。"花朵、星辰和月光装点了自然界的美好，在路上挪过一块挡路石成为温暖行路人的美好，秦姐为毫无任何关系的我付出的善意与关照，更是在她不自知的时候为我的世界种花修篱，为我在风雨中撑起一把偌大的伞。

如果说每个人的世界都是磅礴与细腻、凛冽与温柔参半的话，那么，是她，总是跨越我心灰意冷的荒凉，为我眼前种出馥郁盎然，引领我心向葳蕤和繁盛进发。

我也很庆幸，一路走来，我遇到很多像她一样温暖的人，在他们的照耀下，我对未来充满了期待，从而去长成一个内在很美好的人。

再相逢，你还是从前那个少年

因为女儿一直唱的歌"你还是从前那个少年，没有一丝丝改变"，让我想到一些记忆深处停留的人，所以想突破自己一贯的写作风格，用朴素的笔调来写一些人。这篇文章的主人公是我的初中同学——涛。

涛是上初二的时候留级到我们班的。留级并不是因为成绩不好，反而是成绩处于中上等，老师为了让这个学生扎稳基础，考个更好的高中，所以当时流行给这类学生留级。

老师安排他和另一个男生坐在我前面。没有人知道我是多么欣喜若狂，并不是因为他有一双像当时红翻天的小虎队里的吴奇隆那样清澈又忧郁的眼睛，而是因为，他是老师、同学口中写作文特别好的男生，还有一些外地的笔友会经常给他写信。

对刚刚萌芽出文学梦的我来说，我相信近朱者赤，我写作文的水平一定也会因此得到极大提升的。所以自打他坐在我前面起，每天好好上课的我又多了一件事就是观察他每天在做什么、说什么。然后就想着，会不会这句话就是一篇优美的作文的开始，还是其中的经典句子？

涛性格安静，走进教室的时候总是孤单一个人，看起来似乎总是挨着墙进来的。他喜欢唱歌，《星星点灯》《水手》都唱得特别好。有一次下课的时间听他唱了当时流行的赵传的歌《我终于失去了你》，唱完后他哑然一笑说："好像是非常想失去一样。"我听了心里一惊，然后又想了半天，真的是啊，果然学霸的思想就是比我深奥！

　　可能是我的崇拜表现得太明显了，以至于回家后我也经常提起他的名字。我的父母还认真地跟我说他和我同一个姓，辈分比我大很多，让我可不要喜欢上他。

　　我觉得父母这样担心真是没必要，我只是对文学虔诚。但是为了不让他们担心，只好把自己的崇拜按捺下去。加上后来，我也按照当时的流行方式留级了，忙于学习和认识新的同学，渐渐也不知道他后来上了什么学校，又在毕业后去了哪里。关于青春时期那段张扬的崇拜告一段落，隐于以后匆忙的成长和成熟。

　　我后来去郑州上学，然后毕业回到小城，和除了闺密以外的同学基本都断了联系。一直到很多年后，有一次在同学群里看到别的同学说在涛那里安装的汽车坐垫好用，正好烦恼着自己的汽车坐垫需要更换，就联系他给我装一套。因为当时电话里听起来他很忙的样子，我就说让小伙计来装也行。他只让我别急，然后自己急匆匆处理完手头的事情，赶着晚上7点多到我家楼下。这是隔了十几年以后再次见到他，沧桑了一些，不过眉目间当年那个少年清秀、孤傲的样子依然清晰可见。他忙着手里的活，淡淡地说："老同学要的肯定是要亲自来装的。"敏感如我，当他站在我面前，我却不敢问经历了离婚、再婚的他过得好吗，还唱歌吗，生怕惊扰了他内心如今的山水。

　　直到又过了几天偶遇另外一个很久不见的同学霞，她跟我说，听涛说见到我了，"涛说你还是以前那个样子"。我这才敢想想，坐在他后一排的我也是在他心里留下了一些印象的吧。

160

甚至很多年后，我们都经历了风雨之后，我才明白小小年纪的涛能深刻领悟"终于失去了你"背后的深意其实是因为少年时代起就生活在单亲家庭中爱的缺失。世界上的每一份深刻背后都承载着痛和盼，虽然我一直在观察他，却一直未能读懂他，也未能走进他的世界，给他一丝丝温暖。如果我那时就算是一个"粉丝"的话，这让我很惭愧。

2020年同学群又在筹备同学聚会的时候，我在微信上问他去不去，他说感谢我对他的一直惦记。看着他写的"佳人依旧，少年迟暮"，又是愣愣看屏幕很久。在写作方面，我不知道是不是他的爱好，但他一定是有天赋的，就算泅于平凡生活，他也可以随手就写出这么诗意的词。可是生活却赶着他得去做其他的事。这是多少人的无奈，却也是他又说的"向往平静恬淡的生活"。

我想他是不知道我的这些心绪的。就像倚窗读书的少女不知道自己会是谁心上的风景，操场上奔跑的少年不知道自己的某个瞬间会在别人眼里定格，坐在教室里的少年也不知道自己可以成为身边哪个同学心中的阳光或星辰，照亮他或她的青春。

我后来的学妹也告诉我，我毕业以后老师还经常在她们班上提起我的名字，拿我的作文当范文。如果我知道这些，我一定努力让自己成长得更阳光、更坦荡一些，让自己的作文里的忧郁少一些，正能量更多一些。

涛给我装过的米色汽车坐垫我一直在用，就算搬了家，不住那个小区了，还是会记得他在那个小区的绿化带旁帮我装坐垫的样子。有时候我也在想，为什么好几年过去了，这个坐垫就是不坏呢？这样我就可以再去找他买，顺便看看他现在过得怎么样了。

就像我经常隔些天就找我们同学群的会长娟买欧瑞莲的产品，一是为了需要，二是想听听那句"好嘞，马上给你送"。

当"少年"这首歌让年幼的女儿都耳熟能详的时候，是否说明这个时代又回到了喜欢怀念的状态？我们心底的少年，我们记忆里的少年如今都在哪里呢？希望听到这首歌的人都听见记忆以外的怀念和祝福。

你在街上随便遇到的一个陌生人都是别人记忆里的少年，遇见了问他一声好，告诉他，要继续好，一直好下去，直到我们老了，我们都要"还是从前那个少年"！

谢谢你，我的向日葵女孩

上次写了一个记忆中的少年，勾起了同学们很多回忆。应大家要求，今天写一个记忆中的女生。屏住呼吸，提着你的小心心，慢慢看，我会写谁。

1992 年的夏末，当 11 岁的我站在坡头镇连地初中那个教室外面，看着破旧的大黑板上初一新生二十三班、二十四班分班名单的时候，我最想知道的是我关心的那个名字会出现在什么位置。飞快扫了几秒钟以后，发现她的名字和我的名字共同编在二十四班的时候，心像夏末的阳光一样温暖舒服。

然后按照老师指示找到二十四班教室以后，我走到她面前刚要跟她说话，还未出口，她就先说"早就听说过你，学习成绩很好"。好吧，就这样决定了以后我们在一起的开场白，她总是先我一步说出我想说的。

是的，我想说，我也是这样先从名字认识她的。我在毛岭小学，她在槐树庄小学，隔了数十里。但是我的老师，经常在我们班里提起槐树庄小学的化敏学习如何如何好，让我们加油向她学习；还有我们班的宝

163

霞，是她表姐，也经常跟我提起她，后来她说她的老师和宝霞也是在她面前这样说起我的。

对，化敏就是今天文章的主人公。其实这是篇迟到的文章，作为最好的闺密，我应该早点写写她。不过她予我的厚重情谊一直令我感动，又心生胆怯，一直犹豫着用哪一种方式能够写好她。

同在连地初中二十四班，加上在初二时留级到我们班的艳敏，我们成为形影不离的好朋友。化敏是班长，艳敏是英语课代表，我是语文课代表，我们的名字经常被老师排在一起叫。写到这儿才发现，原来我们的老师无意中会给一些学生的缘分埋下伏笔。后来我们把学到的知识都还给了老师，独独这点缘分不舍得还回去。

初二后半学期我留级以后，化敏和艳敏升了初三。学校规定为了节省初三学生的打饭时间，可以提前放学。毕竟一两百人同时拥到食堂窗口打饭，是我们很多人心中难忘的可怕景象啊。化敏和艳敏想节省我的打饭时间，就在每次打饭的时候多打一份给我放着，等我下课后可以直接去吃。这样一直坚持了一年，直到她们参加中考离开学校。后来的后来，直到现在，我一直都不习惯吃太热的饭，总是要等饭放到稍微温热才吃，应该也是那个时候养成的习惯。我的记忆和胃，都记住了对我好的人。

初中毕业后，当我们到了不同的城市求学，我们一直互相通信，还经常寄一些新照片互相看看。那些青春懵懂的岁月啊，有现在微信朋友圈天天可以晒的自拍照无法比拟的美好。

1999年，我回到济源工作生活，到化敏工作的马寨小学找她，有时候晚上和她一起睡值班室，一起聊到很晚很晚。听她还是像上学的时候那样给她们小学时一起长大的伙伴东东、小毛打电话，总是爽朗明快的口气。和我一起去见过她的好友丁丁后来说"羡慕你有化敏这样的朋友，你要珍惜，她把你看得很重要"。

我确实一直在珍惜，也一直在享受这份重视。2003年夏天，化敏生了她家大妞，可我正好为一份失去的工作伤心。骑着自行车快走到她住在北街的家，又不敢去，就给她打电话。她问我怎么了，一开口我就满腹委屈，她就开始安慰我。正说着话，电话里听到孩子的哭声，我就说"你赶紧去照顾孩子吧"，她说没事没事，在电话里伴着孩子的哭声陪我聊了好久，直到我的心情平复。

　　2009年，我又是因为一些琐事心情不好，给她打电话，她立刻开车从亚桥来到南环路上，等于是穿越了整个济源城来陪我。这些年，不管我什么时候打电话，她只要一听我说"有事"，就会放下手中的事来到我身边，寥寥几句解我烦忧。

　　2020年3月份，我在工作之余开始写公众号。写作一直是我的爱好，但是这些年却荒废着，直到今年孩子们稍微大了一点才又有想写的冲动。写了几篇后发了个公众号二维码截图给她，想让她在朋友圈帮我推广。然后点开她的朋友圈一看，才发现她在我不知道的时候已经多次帮我发文章链接，还认真地写我是她"小时候的玩伴，长大了的闺密"，在我苦恼写作的意义的时候，她又在推广文章链接时写"正好你喜欢写，我喜欢看"……看到这样的话真是让人泪目。虽然这些年我们都生了二胎，都忙于工作和家庭，见面并没有多少频繁，但是她一直站在懂我的位置，源源不断给予我内心坚定的力量。

　　多年以后，我生了孩子，体会了孩子睡觉哭闹的时候我都把手机静音的时刻，又一次知道她给予我的，不只是单纯的好那么简单。以至于后来有时候抱怨爱人工作忙的时候，他会让我多找化敏聊聊，会有收获的。她就是这样，小时候陪在我身边，明亮在我的父母眼里，小半生后又令我身边的人信服。

　　这些年去过化敏家好几次，也认识几个她爱人的兄弟姐妹。每次见到她婆婆都对她赞不绝口，兄弟姐妹不管谁提起她语气里也都是满满的佩服。2017 年，她调动工作到梨林镇当副镇长，接着又生了二妞，她给孩子取名"星星"，每天的朋友圈的主要内容就是发给两个女儿做美食的日常，看着她经常加班，深夜做美食，总是精神满满、劲头十足的样子，多次被她的勤奋震撼到，却无法复制。每个人的光芒都是天赋、勤奋、努力的化学产物，我的"化学课"里只留下了愚笨……

过去的小半生，我自卑、敏感、羞怯，她阳光、果断、坦荡。上学时是所有老师、同学眼中的好班长；结婚以后，是长辈们心中的好媳妇；生活中，是朋友心中的知心人。她说话行事永远那么爽快、利落，一直以我想要的样子明亮地照耀着我，以大姐大的样子予我守护，免我孤单，免我颠沛流离。她一直都像向日葵一样，自带满满能量，从来没在我面前表露出一丝脆弱。我喜欢她、佩服她，所有同学、老师也喜欢她。我一直想为她做些什么，可是想想真的没做过什么，比起她对我的好，真的微不足道。

化敏，真的感谢你，我心中的向日葵女孩，感谢你以我想要的样子活着，并且一直在我身边。

你给的温柔像花瓣落在左手上

前言：考虑到写人物的各种顾虑，本来想暂停写人物，不过最近外出时遇到一些《谢谢你，我的向日葵女孩》的读者现场反馈写出了他们的心声，听他们说"感动我们的友情，也会更加珍惜身边的朋友"时会觉得自己的文字应该也是有点温度的，所以今天写了另外一个住在心里很久的女生——艳艳，希望善良、贴心的她也能令你想起那些予你周到、呵护的人，然后，去告诉他（她），那些好，你都记得。

艳艳是我的小学同学，我们一个村。七八岁的年纪时，她就是令我羡慕的人。她很会唱歌，每次班里老师教了新的歌，都是她最先学会，在每次上课前领唱。艳艳小时候梳着长长的头发，扎成一把，有时候又分开编成两个长长的辫子。她眼睛虽然不大，但总是"小能豆"一样对着你眨。她说话、走路都很快，这样的女孩子在任何时候都会让老师、同学觉得是很能干、聪明的。

所以我对艳艳印象很深刻，虽然后来上初中没有一个班，但她在学校的样子我也会常常关注。她明快、灿烂的样子一直如小时候那样美好在我的眼前和记忆里。

后来我们分别上了不同的学校，没有再联系。直到从学校毕业回到济源工作以后，因为工作关系去政府办事在文印室又遇见艳艳，用行动诠释了"该遇见的人兜兜转转还是会遇见"。都是20多岁的年纪，于是又常常约着吃大排档、扫街购物、互相参考相亲对象，度过了好几年愉快的光阴。

后来艳艳遇见了她现在的爱人，结婚后住到了洛阳吉利区，家离黄河边只有几百米远。与我相隔远了一点，不能自由地经常见面了，但是她生孩子、做美食、去旅游都依然在我的关注范围，她对我的关注却渐渐重点放在了吃上。

艳艳总是惦记我自己在家时都做什么吃，我平时上班时间在职工餐厅吃饭，双休的时候偶尔也做点其他美食，都是照着百度的步骤，味道多数时候都是不怎么样的。跟她聊天的时候，我说我好喜欢吃蒸菜，可是常常错过拔野菜的时间；又说我好想念小时候吃过的食物呀，2009年我妈去世以后我这种想法就更强烈了。她就问我想吃什么，她给我做。我只当是玩笑，笑着说着就过去了，真没想到她却放在了心上。

2013年4月14日，我们相约去小浪底景区看樱花。早上我忙着收拾衣服和帽子时，她打电话问我想不想吃蒸菜，我就说想吃呀，可是没时间去买啊，自己也做不好。她在电话中说："没事，今天保证让你吃上。"放下电话后，我开车跟她在坡头街会合，一见面她就拿出一个保鲜盒给我让我快吃。我一看就惊讶了，原来她早早起来把蒸菜做好放在保鲜盒里，蒜汁也弄好，等出门的时候淋在蒸菜上盖好盖子拿给我。一直到很多年以后，我都无法忘记我在去小浪底景区的路上吃过的一盒蒸菜，溢在齿间的香里有她对我的疼惜和体贴，胜过世间所有美味。

2018 年 7 月，黄河流鱼时，朋友圈里都是黄河边的人在发捞鱼的视频，看着那些肥大、胖硕的黄河鲤鱼在手机屏幕里乱跳，坐在办公室上班的我馋极了。小时候住在姥姥家，离黄河边不远，两个舅舅喜欢去捕鱼，我经常能吃到真正的黄河鲤鱼。姥姥早早发明了"一鱼四吃"，把这些鱼炸一份、煎一份、煮一份、蒸一份，鲜美纯正，有池塘里养出的鱼不能比的厚实的、余味绵长的香。可是现在两个舅舅年龄大了，不能再去捞鱼，黄河鲤鱼的味道只能成为沉淀在味蕾深处的怀恋。

眼看着黄河流鱼的时期快要结束了，我终于忍不住，让艳艳看看街上有没有卖的。她说天气太热了，就算有卖的也很快就会变味，再说也不知道真假。但是第二天她却问我有没有空去拿鱼，她说她的爱人和朋友一起去捞鱼了，给我留了三条。我说马上就去拿。开车半个多小时后到她家，当我看到她爱人递给我三条五六斤重的大鲤鱼，腿上满是泥浆的样子时，真想说不要了不要了，又怕拂了她的一番好意。

不过后来我真的不敢再在她面前提起黄河鲤鱼了，每年在黄河流鱼前也赶紧告诉她不要再去捞鱼了，安全第一。

但是有些事，却记不清什么时候被她做成了习惯。

艳艳的娘家在济源市区。她于我而言，就像是一个亲戚，或者姐姐，每次来了娘家时会跟我联系给我送她自己做的食物。有时候是蒸的包子，有时候是她家刚刚成熟的青皮核桃，有时候是红薯。她总是跟我说"咱家里有的就不要去买，想吃啥告诉我"。我们都有了两个孩子以后，忙工作生活，琐事很多，有时候见面时间很短，我只要拿了就走，什么也不用说，也知道她不会在意。

我有时候带孩子去黄河边玩，只要一给她打电话，她就推掉原本要做的家事等着我，路上能打好几个电话问行程。

在一次小学同学聚会的时候说起她对我的好，峰说这算啥，他家的鱼年年都是艳艳送的。那时候艳艳爱人的一个朋友养鱼，他们吃鱼的时候就顺便就会给峰送一份。军说有好几次伤心难过的时候给艳艳打电话，她在电话这边听他哭，给他安慰、给他温暖。我说你是想让我嫉妒吗？他们赶紧安慰我说，只是距离远近而已，他们之间的车程只有几分钟，到我这里却要 20 分钟左右。很多新鲜食材和自己做的美食，经不起距离的折腾。

我当然明白这个道理，我明白艳艳如今对儿时玩伴之间情谊的珍重，明白她爱人对她的理解和支持。那些记忆里的人和事让她觉得明净珍贵，值得我们每一个人珍惜。所以捞了鱼会想到给他（她）送，做了好吃的会想到让他（她）也吃到，总是想把心情和美味都与他（她）分享，想从同一份食物上去给予他（她）软糯甘甜和汁香四溢。

2020 年 3 月，我开始写公众号以后，艳艳从来不问我为什么要写，也不问我几天一更，只是默默和另一个小时候的玩伴凤霞一起，把转发我文章链接当成一件重要的事，只要我一发文章，她们就马上转发。在公众号后台看到分享最多的前 10 名里总是有她们。从这些事里，我慢慢感受到，和艳艳的快言快语不同的是，她对人对情有着小火慢熬般的细稔。

2020 年蔷薇花盛开的时候，也是我学摄影正热情高涨的时候。我对艳艳说："抽个时间来吧，我想给你拍一组照片。"她站在蔷薇花架下，我给她拍下蔷薇花映红的脸颊和花瓣落在左手上，似乎看见了她想珍重每个人时轻盈美好的心情。她说好喜欢好感动，我也觉得很欣慰。虽然我们都不曾说出口，但我们一直都在用自己的方式走进对方心里。

人的一生中，总会遇到很多珍贵的朋友。有的站在懂得的位置给你内心的力量；有人站在陪伴的位置，从细微的点点滴滴给你温暖。这些事温柔有情，揉在一团面里酵成甜，落在一粟米里成为香，刻在互相陪伴、温暖注视的目光里，成为你我奔向山河远阔的途中，最久远绵长的、最抚凡心的人间烟火。

我们都收下了你送出的"心里的小女孩"

关于要写写我们这位同学陈娟的呼声太多太高，不过因为上学的时候同届不同班级，所以我和她交流不多，一直觉得我无法写好她，所以迟迟不敢动笔。

不过想想长大毕业回到济源工作生活后与她的一些交集以及同学群里了解到她的为人处事的风格，我还是决定尝试着来写写她的真和善。

最初与娟联络，在朋友圈看她发欧瑞莲的广告，我看到了想试试，于是找她买面霜和身体乳液，后来觉得好用又推荐给其他同学，隔三岔五地买买，倒比其他同学多了一些见面机会。

有时候会和她以及其他同学一起聚在法超开的饭店吃饭，她爽快地跟我们讲她的开心和快乐，脸上总是扬着灿烂的笑容，很轻易就带我走出了我总是容易陷入的悲伤的小情绪。但聊天时，她都只谈令人开心的话题，从不八卦地问人隐私，也不问人收入等一些敏感话题。所以我经常觉得她的声音朗朗的、甜甜的很好听，也觉得跟微商见面还有个重大作用就是联络感情，还能教会别人如何聊天。

这些年，她把同届两个班的同学拉到一起建了同学群，先后举行了两次大规模的同学聚会，组织同届两个班的同学参加，每次都有 40 多人参加，都是她和小贞等几位热心同学一起订饭店、买礼品、做通信录、通知人员，各种琐碎事件不怕麻烦不嫌苦累地去完成，还要考虑节约经费不给任何人压力，非常有效地增进了同学感情。

　　2019 年，有一位同学的孩子出车祸，没过多久又有一位同学被查出患重型疾病。面对突发的灾难，在他们灰心绝望时，娟第一时间在同学群里组织大家为他们捐款。她在群里每天多次发通知，号召大家积极向有困难的同学伸出援手，给他们解决生活上的难题，送去生活的希望。同学们都毫不犹豫地响应，每一笔都至少 100 元。每收到一笔捐款，我们每个人的心就跟着暖一分。后来事情告一段落，一位当事人在群里发了长长的感谢语，说娟和同学们的温情让他铭记于心。

　　2019 年底，娟又开始筹备 2020 年春节的同学聚会，她不时在群里用感人的话语鼓励大家珍惜能相聚的时光，踊跃报名，又用满屏的小心心、小鲜花的图标营造气氛，每天数次通报着快速增加的报名人数，最后报了 63 人，是历年来最多的一次。为了把聚会办得尽善尽美，她提前把酒和水果都买好了，又在计划着做统一的服装到时候拍照。可惜突发的疫情打乱了原来的计划。大家遗憾时，她更遗憾，她一边恨着可恶的"新冠病毒"，一边还是安慰大家说，争取到能聚的时候我们全员参加！

　　在我们每个人心中，娟热心、爽朗、善良、从不计较，每年六一儿童节的时候她都会在同学群里发个大红包。我想她的心里一定住着一个小女孩，所以她想把这个小女孩的真和纯送给我们每一个人。

　　她这些年一直职业自由、身心自由，生活得潇洒，完全遵从内心，不会被世俗的标准所局限，不管什么时候见她都无忧无虑、开开心心。朋友圈里经常见她和一帮女友出去游山玩水，然后晒美美的照片和明亮的笑容。

娟永远都让人觉得明朗、舒服。人到中年，我们不会再把职务的高低和金钱的多少作为评定一个人的主要标准，我们对自己和同学，会更关注内心是否快乐、是否有令人愉悦的人格魅力。也许其他同学在各自的行业和圈子有很高的职务和较高的成就，但是作为同学群里大家义务的联络员，娟却是理解得最透彻、践行得最完美的，也是人格魅力最强大的。

之前写了三篇关于同学的文章后，有很多同学在群里或者私聊让写写娟，写她带给我们的温馨和感动。我等着她啥时候喝多了给我"不论不论"的时候，她又害羞了，说没啥好写的，不写不写。所以我只好通过跟几个其他同学聊聊，从侧面了解她，也从自己这么多年的感受中梳理出对她的理解。从而了解到她孝敬公婆，乐于助人，是老人口中的"好闺女"，是邻居口中的"热心人"；亲戚、邻居谁有啥事需要帮忙时只要找她，她都会尽力去帮；法超的饭店开得离她家不远，所以饭店临时忙的时候她就经常去店里帮忙，要感谢她的时候，她又一阵风一样跑远了。

娟从来没有多么优美的语言来表达内心，但是我们都看到了她的真诚；她从来没有做多么惊天动地的大事，但是我们都感受到了她的温暖；她生活得也从来没有多么张扬，但是却理直气壮地闯进了我们每个人心里……她用自己的赤诚爱着我们每个人，我们只要用我们的积极参与回应她就好。

她想把"心里的小女孩"送给我们的时候，我们只要接收就好。愿我们都像她一样，保留着对生活和世界的简单、至纯，就算到老，也让这个小女孩住在心里，有我们大家互相陪伴着，每个人都永远是大家眼中的少年和小女孩！

看暖心的书，做喜悦的人

眼睛一停顿，时光就老去。

我只好闭上眼睛，将今日的花开暂且留记。

就着一室茶香，我让雪小禅的书陪着我，寻找幸福，寻找，另一个自己。

深爱着雪小禅的文字，能让人酣畅淋漓，像吃了一顿重庆火锅那样过瘾。她写色彩写植物，单看标题《黑，墨的魂》《明亮亮的黄呀》《我还嫌不够的粉呀》用尽词藻的美感和乐感，《风动桂花香》五个字动、静、味、意、境更是惊艳，迄今无人超越。而遇到这样的文字便是遭遇了一场惊心动魄的爱丽丝幻游仙境，又像一场可遇不可求的懂得，遇到了，就沦陷了。

雪小禅的书里总是在说她有另一个自己。我也相信，一个人的内心会藏着和外表不同的丰盈敏锐的灵魂。灵魂深处会有另一个不同的声音。她会记得你的嗔和痴、娇和憨，而且会住在你的心里讲一个故事，喃喃自语的声音，你却听得见。

记得看了一部电视剧，里面讲到一个人格分裂的男人，因为犯过的错，执着地不能原谅自己，所以让那个被伤害过的灵魂住进自己的身体来惩罚自己。是他做了允许，所以别人才能光临属于他的城池。

那个别人其实也不是别人，而是潜意识里的自己。

我一直想知道我的另一个自己在哪里，我想寻找到，那或许是一种精彩，也或许是一种失落。曾经性格几近冷冽的女友像庆山一样结了婚还生了孩子，总算过上了亲友们不再担心的生活。曾经指尖相触的那个他，最终只是像烟一样在回忆里沉得久了变成虚无，最终一无所有。

有一些人，有一些事在你生命里只能缘尽于斯，最终思无可思、恋无可恋。你只能和他隔着岁月的河，隔岸相忘。

想想人生有限，青春终会有落幕，无论平淡抑或疯狂，总是会过去的。繁华也握不住，苍凉也握不住。

人生是一场大浪淘沙、浊浪排空的过程。走着走着总是会遇到一些伤，有着树枝一样的疤或者不太圆滑的沙粒会磨到脚趾。

读她的书有将近20年，如今她的文字风格倒是有了更多的朴素，更加耐人寻味。比如新书的书名《在薄情的世界里深情地活着》，比如她现在写的句子"如果年轻的容颜有一颗老心，那真是人生上品""远方是一个人在路上，是心灵回归和救赎"，然而用词还是那么直击人心，比如"风雨雷电，淡然一笑""翻过千山万水，尝了人世间的毒，回首时心头仍然还有明亮、深情、情怀，其实已是大慈悲"。

与生活中的苦涩抗衡，用雪小禅的书疗心慰饥，我渐渐学会一招属于这个时空的"凌波微步"——"浅浅喜深深爱"，步履轻巧，婉转轻扬，跨过横亘在半路的屏障，以从容的姿态抵达岁月静好，抵达人间烟火，表面简朴，内里素帛锦织，并且优雅地安全着陆。

就像素瓶清荷盛装淡泊，不奢华却令人心满意足。

之于生活，眼底眉尖时刻保持浅浅欢喜；之于文字，总是满怀敬畏深深热爱。守一个城，安一个家，熏出一室无限温煦的柔暖。过往皆是红尘微雨，来去散几缕渺渺云烟。此处月白风清，收留明媚亦安度忧伤，可偶尔极尽妖娆，亦可优雅半世清浅，将世间情怀散淡成诗，将淡淡娴雅清浅飘洒，看那时日随流水渐渐深去，回头却见我们打造的生活是如此这般美景如斯洁净纯美——幸福繁盛。

　　读暖心的书，做喜悦的人，如她所寄语读者的——把喜悦传播给每个人，把心里的花香散发出来，谁都可以闻得到。

借你的怀抱练习拥吻

我把温暖送去流浪 / 梦想牵引着 / 你走远了 / 我把爱情写在纸片上 / 寂寞吞噬着 / 它融化了 / 我把思念埋在心底 / 沉默煎熬着 / 我枯萎了……

我在办公室喝咖啡的间隙里编辑短信，完了，指尖在发送键稍作徘徊，还是按下了删除键。

借你的怀抱练习拥吻。多年前在书店里看到的书名，多少个光阴逝去，这几个字却一直横亘在心底令我念念不忘。

爱你，其实已经是隐现在单纯空白的人生里的一个劫数。我是一朵迟暮的花吧，颤颤悠悠摇曳枝头，那么勇敢，又那么娇弱，经不起丝毫磨砺。瞬间拥有或者失去会让我从狂喜跌落至失望的深谷，然后，永不超生。倘若我的记忆里还有一点点爱情的余温，我便不忍流露些许隐忍或者犹疑，我怕那些也许只是零落的不珍惜一不小心就成了一生的劫难。

我因此变得患得患失，欲言又止，语无伦次。

我需要的只是一个归宿，来安放我的灵魂。它简单到可以只是一个微笑，或者一个温暖的注视，又或者是一次沉默又坚定的搀扶。

只因为它足够温柔、坚定，我便奋不顾身，义无反顾，风雨兼程，一路走过。

　　很多年前，一个打工仔说"家，是放心的地方"。他获得了一套豪宅。

　　很多年后，我把这句话写在笔记本里，然后每天虔诚地对着它微笑，仿佛已经拥有了梦想的、一个真心相待的爱人。

　　后来，我把这个笔记本送给你。

　　我知道，我们的梦想不在同一个方向。情况常常是这样，你向左，我向右。但是，不知道为什么我们还会绕了那么远的路来找对方。

　　付出，总是快乐的，只要是诚恳的。或许只是如此，只为求心中一份安稳，因为在合适的时候遇见了一个喜欢的人，对方令自己觉得踏实、觉得值得，所以做得再多也甘愿，而从不言悔。

　　梦想呢？跟这样的爱情有那么一点点相像吧。它也坚定地牵引着我们艰难跋涉、一往无前，然而它却不断地膨胀，让我们看着它不知所措。

　　有一句话说，谁在梦想深处等你。

　　我一直不敢对你提起，因为怕它背后的冷冽与真实。

　　我一直想说的是，我们一起在梦想深处结伴而行吧。在可以的情况下，稍作让步，你向右一点，我向左一点，梦想远不远，我们一起去追逐。

　　我们要共同走过，执手相伴；要仰首是春，俯首是秋。我们不以分开作代价，任何时候。

　　最近我看到这本书《借你的怀抱练习拥吻》，我在作者楚楚那一个个干净、忧伤的故事里看到一朵朵纯洁的茉莉花的微笑。

　　我们都曾经只是懂得初恋的甜蜜，不然怎么会有那么轻轻浅浅的笑容？

　　真正的爱情是经过了相伴之后依然彼此呵护。彼时我们已经笑过吵过争过，已经经历了相思、焦虑、无奈、挣扎、犹豫、选择、确定……

我们的爱痛已经此起彼伏过，我们怎么还会有那样纯净的笑容？

　　但我们最终是确定的。不管怎么样，我们都没有因为些许的不满烦恼而否定对方。我们还是一如既往地，在快乐或者忧伤时，第一时间想到那个人。

　　他（她）一定也会因为一朵花微笑，他（她）一定也愿意尝尝这款新的面包，他（她）会在夜深时轻叩我的电话说想念……

　　如此这样就是最温暖的相伴了吧，永远相信对方的美好，即使明知道都有一点点不美好也还愿意珍惜，永远不逃避，永远愿意勇敢起来去面对一切。

　　由此，我永远怀着的一颗感恩的心就欣慰了吧。前面未知的荆棘或者坦途，今生与你共相伴。

一次迟到了 20 年的记忆提醒

每个节日，都适合去说出感恩，可以是每一个帮助过、激励过、影响过自己的人。

秋风起时，适合去见每一个想见的人，可以是老师、恋人和错过的人。

所以我珍惜每个场面温馨的时刻，可以让我见到一些记忆里有过"高光时刻"的人。济源诗人同枫，就是一个这样的人。再次见他，一如既往的清瘦，一如既往的握手问安，亲切而疏离。这样的感觉重复了很多次，也有很多次，我的疑问到了口边又咽下，因为想走近他的人实在太多，每次匆匆一见，我实在没机会问出。

直到那个大家都不急、大家都适意的时刻，我才能装作不经意间提起："真的不记得了吗？我们在 20 多年前就已经认识。"

他很惊讶，是我意料之外的，于是再次意识到自己的普通。与他认识时我 19 岁，刚刚从学校提前回来到报社实习，虽然被很多人夸过，但确实没公开发表过有分量的文字。只因当时同枫与小城里两位资历颇深

180

的作家老师一起出去，正好我在，同行的姐姐说"一起去吧"，因为信任那位姐姐，所以跟了去。去了才知道，原来我有幸同桌的不是大家就是诗人。

吃的是烩面，热气一缕一缕腾起来，我听他们讨论文学和诗词，经典随手拈来，金句不时抛出，年长的老师目光深邃又神采奕奕，姐姐娴静温婉如古典诗词里走出来的一般，儒雅少年眉眼清若疏桐，桌上一盘红色的辣椒丝和淡绿瓜丝相映，我的筷子有好几次腾起来又忘记在半空好久。很多年后读到作家画眉写的《文学之美，终于懂了》，终于恍然大悟，那个时候我的心境真的如此。

后来留心一下，便经常在报纸副刊看到同枫的诗。他写小镇"河畔绿柳如烟，容得下众鸟投林"，他写美景"再曲折的木栈桥也圈不住春天和流水"，他写历史"恍惚中有笛声落入七碗茶的清香"，他写西塘"我不是蜻蜓，我只是一阵风，却已在西塘投了影"……他的诗有很多发表在《星星》《河南日报》《济源日报》等很多有分量的报刊上。他的诗清雅静谧、干净透明已经成为一个标签，在济源，一说诗人，大家会自然而然想到他。

后来我也试着写一些文字发表在《济源日报》，但都是散文，虽然和同枫的创作体裁不同，但第一次见他时那种对文学纯挚的口吻却一直激励着我永葆热爱与赤诚。

但是愚笨如我，也许是受了一些杂志的教导的缘故，相信美好的事应在心里感知，所以不曾向任何人说过我的感动和震撼，只是每次在参加作协组织的一些活动中遇见同枫时，总会在那些匆匆的场合给他远远行个"注目礼"。今年尝试写诗以后很想向他学习，却又会觉得冒昧，谁不是一朝一夕地丰满羽翼、破茧成蝶的呢？我当学的，应是他对生活的超然与对诗歌的坚持。

最近在上《幸运手账》的作者付萌薇老师的线上课程时，她多次提到"感恩"，如果有学员及时反馈学习课程的感受，她会觉得很开心。她也提到曾经主动连线了一位容易感恩的人，也许有些事很小，当事人已经不记得，那个人却记在心里，很久以后还能新鲜地提及，会让当事人觉得很惊讶。

于是惭愧之余迅速补救。当时代飞奔着向前的时候，我们需要挽住心里一些静静的美好，也需要有一些表达让那些美好清浅流淌。于是借美好的中秋节去唤醒一下他的记忆，感恩在21年前遇见同枫纯真的诗，感恩21年来他的诗一直给无数像我这样的读者描绘着美丽的世界和诗意，激励着我文学上的成长。

我喜欢的博主"时光住处"说的"人世是开满鲜花的道场，每一种香气势必指向某种途径，你付出的每一分善意，都会在人生某处温柔着回馈"与世界著名实业家、哲学家稻盛和夫说的"人生中所发生的一切事情，都是由自己的内心吸引而来的"有同工之妙。我们感受到的美好与我们的生活，也有同工之妙。

织锦和撒沙：精致和浪漫在她们这里同步

我喜欢的作家画眉又出新书了，这次的《优雅是残酷单薄的外衣》《在全世界寻找爱》是用手绘画面和文字结合的形式分别讲述了张爱玲和三毛的一生，书面设计唯美，文字通透精致，插画浪漫可爱、色彩鲜艳、感染力强，像往常一样，书一上市，我就迫不及待从京东买回来。

通过以前读张爱玲，在我的印象中，张爱玲爱美、聪颖、自尊心极强，宁愿看着想吃的柿子烂成稀水都不肯主动开口提醒父亲。三毛浪漫、特行独立，和荷西的爱情浪漫、完美，毕竟敢用棺材木做家具不是每个人都可以 hold 得住的。她们有个共同的特点就是文字方面天赋极高。

很多人喜欢张爱玲和三毛的文字，抖音上很多文案都来自她们的文字，虽然经过多版改良，但原汁的味道依然纯正。之前读过的张爱玲和三毛，只读出了文字的浪漫和妖娆，却未曾领会到更深的含义。我也不了解她们生活中的那么多细节，也没有足够的悟性对她们的人生加以研究。书中有很多小事是之前从未知晓的，让我对这两个旷世才女又多了一些深刻认识。作为一个业余写作爱好者，我知道只有对一个人的文字爱到极致，才会花费大量的时间去了解他们的人生。像张爱玲、三毛之于画眉，像画眉之于我。

喜欢画眉的文字很多年，从2004年起在《青年文摘》《读者》《女友》等一些流行杂志上频繁看到她的文字起，我就执着地一路跟随，她出了书我一定购买。曾经托朋友要来了签名书，看她在扉页上为我写上"祝小朋友，鬼来杀鬼，神挡诛神，美梦成真"，再看她在微信朋友圈一些靓丽、时尚的个人照片，真的是心生向往，给我很多勇敢前行的力量。

是在2017年底加了她的微信才知道她会画画，两个女儿也极具绘画天赋，但没料到她居然悄悄地出了一本又一本书。

从之前的《薛宝钗的爱博客》《一个人的贵族》《愿时光待你好》到2019年首版手绘童话《"小小孩没烦恼"暖心绘本》，画眉的书和文字跟随时代的变化也在改变她的表述方式。以前她的文字喜欢用长句，风格是妖精般的摄人又带些俏皮的犀利和睿智。如今加入美美的手绘插画表现方式，填补了手绘传记这种艺术表现形式目前在国内的空白，增加了一些温馨可爱，也算是一种留白吧，给读者充沛的想象空间。虽说"仁者见仁，智者见智"，但相信她一路积累起来的读者都会领悟到她想表达的意境。

每个女子心里都共存着远方和烟火，顺应着内心向往的精致与浪漫，亦禅亦梦。《优雅是残酷单薄的外衣》《在全世界寻找爱》更生动、贴切地帮我们重温张爱玲和三毛的文字和人生，也映照出我们自己的喜悦与慈悲。

书的封底看到《手绘林徽音的一生》《手绘萧红的一生》即将上市，这个系列是画眉在疫情期间的沉静输出，文字和画像在织锦，思想深远像撒出沙漠的浪漫。期待这份遇见如期而至，为我历练出旷达的豁然，从而给人生注入福泽与琳琅。

有钱人真是个贪心的家伙

一周时间,读了《有钱人和你想的不一样》,写下 5 篇阅读笔记,感觉自己的心态在关于如何看待钱和有钱人上都发生了很大变化。

现为"巅峰潜能训练公司"(Peak Potentials Training)董事长的 T. 哈维·艾克(T. Harv Eker)在书中从障碍、接受、方法、心态等方面,用 17 个篇章告诉你有钱人和穷人不一样的 17 种思考方式和行为,颠覆了我之前的惯性思维。

如何变得更有财富是我经常在想的问题,所以也观察到,就算从身边的人来看,穷人和有钱人的价值观也存在很多不同,穷人重视的正是有钱人不在意的。带着这本书,结合身边的事件感受,越读下去越发现一个好玩又惊人的事实,那就是有钱人真是个贪心的家伙。

有钱人对时间贪心

穷人重视价格,有钱人重视时间成本。其实生活中我们不难发现,在菜市场讨价还价的总是相对贫穷的人。我有个同学算是现在的成功人士。他小时候妈妈让他去买东西的时候他从不讲价，妈妈责怪他的时候，他回答说"把讨价还价的时间节省下来可以赚更多钱"，所以他常常觉得时间不够用。比起那些经常无所事事浪费时间的人，他们分秒必争，总是把每一分钟都利用到极致。身边一位公司负责人在国庆节放假的时候就感慨过"如果不放假就能干更多事"。对员工来说有点苛刻，但他本人确实是会放弃休息时间、娱乐时间来做更有用的事。

有钱人对价值贪心

穷人重视预言能否实现，有钱人重视预言后尽力实现。2020年湖北理科状元唐楚玥7岁的时候曾经有句豪言壮语高考要考720分，11年后高考她真的考了725分。她是如何实现预言的呢？靠的就是强大的内心和有效的方法。内心强大的人就会有好心态，心理也更健康，能够正确地面对挫折和失败，也能更好地做自我调节。越是有钱人越是会期望所有事情高效率，总是希望自己能够创造出更高价值，所以会持续学习，不断通过各种方式精进自己。现在有很多从平凡人起步的牛人一个小时咨询费从几千元到几万元不等，对他们来说，还是希望有更多大突破。

有钱人对方法贪心

穷人重视学习成本，有钱人重视学习成果。我朋友圈里有一些朋友一听说我在学习某某课程，就会说要自己买那么多书值得吗？萌薇老师和财富读书会的小伙伴们却不会在意买书成本，只会认为阅读能够帮助自己达到财富预期。更多从小白起步的有钱人会从各种摸爬滚打里总结经验教训来整理出一套自己的财务管理方法，股票、基金、债券、保险等，他们期望金钱在自己手里充分发挥价值，除了实现物质愿望，还能"生钱"。

有钱人对正能量贪心

穷人默默接受已有的平淡生活，有钱人会积极地到处去接近正能量。包括走出家门、接近成功的人以及大量阅读，他们不管什么时候都以积极的形象出现。他们会把生活中的一些关键词全换掉，比如把"应该"变为"必须"、把"想要"变成"敢要"、把"散步"变成"跑步"、把"犹疑"变为"求助"。他们总是微笑着接受表扬和夸赞，不断给自己各种成功的心理暗示，在不断解决问题的过程中训练自己的高情商、高智商，朝干夕惕，毫不懈怠。

相比小时候父母常常教导我们选择另一半时说的"钱不是最重要的，人品才重要"，有钱人的"贪心"会帮助他们和家庭都积极主动去创造更多财富和价值。除了向福布斯排名榜上的那些有钱人学习思维方式，其实生活中也有很多从平凡身份起步的人，也能让我们思考到很多东西。

看了《有钱人和你想的不一样》后，我认识到了自己以前的购物心态只是为了满足小时候的遗憾，于是及时纠正，要做一个空瓶、空柜、空箱的"空姐"。购物心态断舍离，财富心态尝试运用吸引力法则，从改变看待财富的认识做起，赋予自己和金钱能量，像一个有钱人一样贪心一点，努力向更多财富进阶。

第五辑　孩子的话，常常如诗

我想当她们的姐姐

我叫小豌豆，当我还在天上找妈妈的时候，我看到这个妈妈很喜欢看书，爱美又善良，喜欢给孩子拍照，她总是很温柔地跟孩子说话，很体贴地知道孩子在想什么。她身边那个小小的人儿总是黏着她，轻声细语地叫妈妈，让她带着去公园、去游乐场，还天天缠着她讲故事。

如果我找这个人当妈妈，那么这个小小的人儿不就成我的姐姐了吗？我怕太小妈妈照顾我们两个太累，又怕姐姐长大了就不记得这些话了，于是在姐姐两岁多的时候我悄悄钻进了妈妈的肚子里。

妈妈发现我以后，她经常让姐姐猜猜她肚子里的是妹妹还是弟弟，姐姐总是很肯定地说"是妹妹"，我好开心啊，姐姐在这个时候就具备了和我心心相通的能力。妈妈还经常跟姐姐说，让她隔着肚皮摸摸我的手，姐姐的小手温温的、轻轻的，我真想早点见到她。

我出生的时候姐姐三岁了，爸爸妈妈说我们出生在同一个医院同一个病房的同一个床位，而且都是秋天出生，我们姐妹注定第一眼看到的是同一个世界，也注定一起领略同样的四季。

190

妈妈平时除了工作，还有很多琐事要做，但是不管她多累，她都会陪着我们两个睡觉。我们晚上常常在床上疯闹一番，然后一左一右睡在妈妈身边听妈妈讲故事，隔着妈妈的肚子拉着彼此的手，感觉好幸福。

我们总是枕着妈妈的胳膊睡觉，不过有时候妈妈等我们睡着后又起来做其他事了，我就去找姐姐的胳膊来枕。妈妈拍下了我枕着姐姐的胳膊睡觉的照片，等姐姐长大了，如果她敢不承认从小就喜欢我，我就说这是证明！当然，我是永远喜欢她的。

妈妈从来没说过姐姐要让着妹妹的话，她常常说要让我们多在一起玩，还经常告诉姐姐，妹妹是除了爸爸妈妈以外世界上和她最亲的人，姐妹之间要相亲相爱。买玩具的时候，她总是让姐姐先选，姐姐选完了就会问给妹妹买什么，我觉得这就是妈妈想要的……

现在我马上要两岁了，和姐姐出门她喜欢我牵着她的手，上台阶出电梯的时候她会紧紧拉着我；妈妈给姐姐念绘本的时候，我就在旁边一起听；姐姐画画的时候，我也在旁边拿着本子涂鸦，我只会画线条，但是妈妈每次都夸我画得有风格；妈妈给我冲奶粉的时候，姐姐一定要晃奶瓶；妈妈带着我去幼儿园接姐姐的时候，她会骑着幼儿园的小车载我游览校园；姐姐邀请小朋友来家里玩，也让我认识了很多新的哥哥姐姐……

有时候，我也会弄乱妈妈和姐姐的东西，妈妈从来不骂我，只会耐心地告诉我什么能做，做了什么是错的。姐姐每次都很生气地说："小豌豆，别捣乱，再这样我打你了啊！"但是她的手拍到我身上的时候又是那么轻，她说如果打哭了我还得哄我。只有我知道，其实她根本舍不得打我……

姐姐有时候说话很好玩，她掀着衣服说等她长大了就能喂我吃奶了，还说长大了要给我买好多玩具。我听到妈妈很羡慕地说："小豌豆你真幸福，你都有姐姐，妈妈都没有姐姐。"然后姐姐马上很豪爽地说："没事，等我长大了，我就变成你的姐姐了！"我想等我长大了，就变成她们两个的姐姐了，然后我会像她们爱我一样爱她们！

愿你用玲珑心过凉薄岁月

有一次接女儿放学的时候，她说："妈妈你看，天上的月亮在跟着我们走。"我正在惊讶她的观察力，不到三岁的她又语出惊人："月亮想跟我们回家。"——那个黄昏，因为这句话，变得特别美。

曾经，我是如此这般疯狂收藏着这样玲珑灵巧的句子，比如"花朵在楼道里穿行"，比如"我一回头，是谁说了一个笑话，惹得整片的花都开了"……我说呢，我怎么写不出诗来，原来，最会写诗的人，是拥有一颗童心的人。好诗来源于无所畏，来源于心至纯，心之向善向美，传递出的力量，温柔又汹涌。

好生活亦是如此。

白落梅说，做一个从容自若的闲人，在悠长的时光里，修清凉禅。

许多人都曾经拥有，后来又亲自丢失。是忙碌让我们丢失了追寻，还是青春岁月里木棉花的记忆早已不放在心里？如果有人躲在你身后悄悄地藏着笑，你又能否听到有一点喜悦才露尖尖角？

自古以来，一切贤哲都主张一种简朴的生活方式，摒弃物质欲望，保持灵魂深处至纯的生之喜悦。就像一个追求精神境界的人必定是淡然于物质的奢华的，无论走得多远都永远能够保持内心的安静和笃定，信与念，具有广义，丰富又寂静。

这世间，牵连内心的，永远都令人感动、欢喜，永远令人热泪盈眶，深远绵长。

所以我写下对女儿的祝愿，愿你步履匆匆仍然澄澈清宁，即使对一些小事情，也永远心存珍爱，能从重复烦琐的日子里感受微小的大美和简洁诚挚的情意，如此，令这斑驳的世间于你眼前变得温暖琳琅。

愿你待到岁月老去时，还能如此这般眼神清宁，仍然拥有白马诗心，能用玲珑心过凉薄岁月且任风担雨。

愿你经历尘事繁琐后，还能坐在月光下怡然浅笑，月光写成的诗你懂得，岁月酿出的酒你品得。

瓷碗里盛书

有天带着两岁多的女儿出去吃饭，看到饭店古色古香的盘子里印着古诗词，于是喊："小玉米快看，这个碗里有你背的那首'采菊东篱下，悠然见南山'。"然后她说，这不是碗，这是书。

有诗的地方就是书吗？"瓷碗里盛书"，这是一个两岁多的孩子给我的标题，比起雪小禅的"银碗里盛雪"，朴素而不失灵动，温馨而又不失浪漫。

我和老公都是市作协会员，朋友们都说我们两个人平时说话文绉绉的。所以当小玉米经常在话语里带着"因为……所以……""难道是……"这些关联词的时候，我们一点都不觉得惊讶，书给予我们的养分和习惯，我们的孩子在不知不觉中已经在默默传承。

接送她去幼儿园每次都主动和老师说"早上好""明天见"；当她把垃圾随地乱丢的时候不动声色捡起来找垃圾桶重新扔进去；每次吃饭的时候教她说"奶奶先吃"；如果和朋友约好了见面，会在家里提前做好准备，并且跟她说"约好的事不能迟到"……

用行动教孩子保持自己的价值观，要时刻自重，仪态端庄、举止正确、言行得体，不要做让自己难堪的事情。慢慢地，就会发现不知什么时候起，孩子也在这样做。

爱，就是一场默默而为的修行。

把6个女儿送进美国名校的安徽母亲朱木兰说："我们给女儿的嫁妆不是金钱，而是教育。"她的大女儿美国交通部部长赵小兰说她的成功都传承自母亲的血脉和精神。朱木兰从来从容不迫，家里永远干干净净。她们全家刚到美国后，赵小兰邀请很多同学来家里过生日宴，并和妈妈做了很多准备，可是那天晚上只来了两个同学，小兰很失望。但是朱木兰一句埋怨的话都没有说，她不动声色，照样举办了生日派对，照样切生日蛋糕，照样唱生日快乐歌。她就是用这样的言行，向孩子灌输处变不惊、不卑不亢、自尊自重的生活方式。

要看到山水含笑、处处美景需要一双爱笑的眼睛，要做到处世从容、超然于世需要内心丰盛安宁，相信美好并且为之奋斗需要安静沉淀、默默守候。每个孩子的成长本身就是一份独有的极尽可爱。作为父母应该给他（她）呵护的本真，于疼爱间予以更多尊重，于陪伴时佐以温暖注视。

朱木兰这样做着，我这样学着。我希望通过这样的方式使孩子明事理、有爱心、知感恩，获得这样快乐、平和、澄澈的人生。当我们创造的是良好和谐的家庭环境，身边是健康文明的言行，潜移默化间，孩子会默默汲取我们想要表达的人生智慧和做人法则，总有一天会发光发亮，破茧成蝶。

书藏时光，一路拾香

十几岁的时候，我最喜欢的生日礼物是书，十几年过去，现在的我最喜欢在当当网和京东买的依然是书。家里整整一面书墙远远不够存放我的所有藏书，甚至坐月子的时候床头依然放着书，每天哪怕只能抽出十几分钟来读书，也才会觉得生活充满了庄重的仪式感。

我就是这样一个对书充满执念的人，因为我觉得在工作中要顶"半边天"，在家里要充当着女儿、妻子和母亲的重要角色，我的一言一行、修养气质对家人都是一种无形的影响，而这种修养气质是可以通过读书来改变的。读书的过程就是给自己一个独处的机会，让自己在繁华中沉淀，在过于烦躁的生活中抽离出来，独享自己的世界，重新唤起心灵的认知，重新审视自我，学会淡然，学会放下，学会一笑了之。

小时候喜欢读书，因为读书为生活提升无限美感。比如有些句子虽然不是那么著名，却可以在脑海停留很多年。我举几个例子，"我一回头，像谁说了一个笑话，惹得一大片花都开了""花朵在楼道里穿行"……这些句子有的来自青年文摘杂志，还有《济源日报》曾经用过的一个头版标题"一滴血烫暖一座城"，据说开始用的是"温暖"，后来为了想到这个"烫"字，编辑记者熬了一个通宵，果然更加贴切、更加生动、更加感人。好的文字就是有慰藉心灵、改善容颜的神奇功效。董卿因为饱读诗书让《朗读者》成为电视节目中的一股清流，读书让女人变美，让美女更精致。正好契合我们"书香三八"活动的宗旨——大力推动全民阅读和女性阅读，促进家庭文明建设，提升女性自身素质，探索促进女性阅读的方法和途径。

迷茫的时候，读书扩展世界、凝聚力量。很多事从不知到认知，从不会到精通，读书，让一个又一个崭新的世界展现在我们的面前。让我们于浮躁中追求宁静致远，于喧嚣里体味至真至纯。读书是孩童认知世界的过程，也是成人获得启迪事半功倍的最佳途径，我曾经写过一篇文章叫《在别人的故事里旅行》，从书里可以了解和认识没有到过的地方的风土人情，从书里也可以找到很多事情的解决方法，我们省去了很多犹疑的时间。因为曾经给女儿讲过"十万个为什么"，所以三岁的女儿有一天问我那个装电池的小狗狗为什么不叫了也不走了，我说因为它累了想休息休息，她说："不对，是不是电池没装好？"在阅读中一点一点地积累新知识，做到积少成多、滴水成河。可以说，读书增长学识，学识影响眼界，眼界决定格局，而格局影响人的一生。

最近有朋友向我大力推荐林清玄的书，说迷茫的时候是他的书让他获得启迪。书籍是巨大的力量，是前人的经验。我想，每个人心里一定也都有喜欢的作家和书籍，难过的时候、不知所措的时候、初为父母的时候去翻翻他们的书，于是世界变得清朗了，天空变得灿烂了，一切困难迎刃而解，浑身都充满力量。

这几年最大的感受是读书让亲子时光变得温馨浪漫。每天下午放学，接女儿的路上她都能对路边的景色和事物作生动描述，在她一岁多的时候她已经可以熟练地运用"因为……所以""难道是幻觉"，有一天晚上走在路上她还会说"风把树叶吹落了，像小蜻蜓、像小蝴蝶"……家里有近百本童书，当我拿起一本书，虽然她不识字，但是因为爸爸妈妈给她读过，所以她都能准确地说出名字。我给她拍成视频保存下来，这样的亲子阅读时光和语言训练弥足珍贵。这都应该得益于每天晚上睡觉前的亲子阅读时间，我在念，她在听，我想要给她的爱和养分通过书默默传达。

这些年读过的书藏在时光里，藏在眼睛里，藏在和女儿的对话里，让我一路收获，让我一路成长。一路捡拾的书香充满情意，这是应该珍藏的喜悦，这是应该传承的喜爱。留一点时间给读书，留一点空间给思考，留一份热忱给学习，我的人生会因为读书而更加精彩，我的眼神会因为读书永远清澈，我的内心会因为读书丰足喜悦。

与自己、与女儿共勉。

愿你们相亲爱，愿你们多喜悦

锦瑟华年，画眉深浅，生命里有过一场红尘相遇且得以相伴已足够惊喜，是你们又让我的心盛放，在年岁的末端，赐给我一场盛大的喜悦。

当你们挥舞着小拳头，让这个初冬似春天般鹅黄柳绿，灿灿暖阳昭显明媚和神奇，我讶异，莫不是你们的到来，令季节生色？任世界萧索和失落杳无踪迹，我的心底眉尖都只有你们两个。

似一轮新月初升，似你们的脸粉粉嫩嫩，令每一个平淡的日子变得神奇。月光在窗外携着温柔撩起思念，我在凝望你们的目光里以一颗殷殷的心诚挚期待。红尘深处，且行且念，能够遇到你们，是上天给我最好的眷顾。

孕育你们姐妹两次的九个多月里，我无数次在馨香盈盈间对你们轻喃，在风起的日子向你们低语。盼你们健康，望你们美丽，寄无尽的希冀于你们，希望你们成为世界上最聪明、最漂亮、最可爱的那一个。但是当你们到来，当我看到你们轻眨着眼睛对我展开第一个微笑，我的所有愿望就全部摒弃，一切都不重要，只要，你是你自己。你按照自己的方式到来和成长，本身就是一份独有的极尽可爱。你们天生的体贴、敏感都是上天赐予的珍贵礼物，我应该给你们呵护的本真，于疼爱间予以更多尊重，于陪伴时佐以温暖注视。

遇到你们，是遇见花朵悄悄绽放，我的世界因为你们，绽放出更多鲜艳，一枝一蔓间芳菲流转。

迎接你们，是迎接天使降落人间，即使我的袖沾了烟尘，也是世间绝艳的陌上花开，缓缓沉淀出漫漫温存，花径款款，笑语片片。

陪着你们，是陪着上帝的手奏出天籁音符，静静与你们一起融进岁月，生命飞扬，舞姿翩翩。

我濯洗素手，铺开温暖，只为在最深的红尘和你们相遇，遇到姐姐为妹妹学会翻身、学会叫妈妈的每一点成长而发出的惊喜呼喊，遇到每天清晨妹妹醒来后扯姐姐凌乱的头发，遇到你们偶尔分开时对彼此的惦记，处处在我的过往留下喜悦的印迹。令这一场迎接，清鲜、婉丽，令今后的相伴，即使是琐碎处的光阴，也值得珍藏。

从此，习惯十指相扣的两只手中间会增加你们两个，愿你们能从重复烦琐的日子里感受对方简洁真挚的诚意，相互爱护、彼此惦记。愿你们相亲爱，愿你们多喜悦，互相陪伴在这斑驳的世间踏出眼前芬芳、心中安宁，如此，令前路更宽，手心更暖。

孩子的话，常常如诗

◎月亮

我们走

月亮也走

月亮是不是想跟我们回家

By 芊羽 2 岁半

◎跳舞

树最喜欢刮风

风一刮

树就开始跳舞

By 芊羽 5 岁半

◎礼物

为什么妹妹还不过生日

我给她准备的礼物
很
迫不及待

By 芊羽 5 岁半

◎小蚂蚁

姐姐在看大蚂蚁
我在看小蚂蚁
我是妹妹
小蚂蚁是妹妹

By 萱羽 2 岁半

◎灯

楼上很多灯都没有亮
街上就有很多
没回家的人

By 芊羽 5 岁半

◎天空

蓝天好像大海
我好想去
云朵里
游泳

By 芊羽 5 岁半

一场雨后，两岁七个月的萱羽让我赶紧去看她的池塘，她兴奋地说

202

里面快有小鱼了。我于是很期待地跟着她走。一看，原来她指的是雨后的水潭。我没有失望，反而因为她的童真更加惊喜。《半山文集》里说："在森林里散步，人会感觉到宁静，但森林中并不缺少声音，小溪的流水声，各种鸟儿的叫声，风吹过树叶的声音，蝉鸣的声音，蛙的声音，农家狗狗的声音……这些声音并不会破坏这片宁静，你如果仔细去倾听，往往会感觉到更加的安静。"很多远离森林的时刻，芊羽和萱羽用她们的童真送我一片茂密。

不仅话语如诗，很多时候她们一个小小的动作也如花蕊般柔软。

有一天带着萱羽在阳光下走，我随口说："这么晒，妈妈下次一定要记得拿防晒衣。"萱羽就说她来给我挡阳光，然后把手里 QQ 糖的包装袋全部铺平在我胳膊上。又有一次我在傍晚的风中说好冷啊，她又拉着我的衣服往下抻，说要给我挡风。

这样的情节如诗般韵律优美，落在眼底眉梢，落羽般轻盈，可涤尘、可拂痕，对我生活中另外一些负面情绪"四两拨千斤"。

班德瑞的一首钢琴曲《童真》英文名是 Children's Eyes——孩子的眼睛。这个词看到只是一瞬间，然而却放在心里很多年。

如果我们没有孩子般的童真，那就尽力做到不辜负孩子的童真。在孩子们诗一样的语言和行为涌现在耳边、身畔的时候，不要忽略内心的悸动，用文字、用照片、用视频记录下这束光芒。和孩子的眼睛一起看世界，和孩子的语言一起说世界，和孩子洁净的心灵一起为奔忙的生活注入纯善的趣味。

孩子能给我们的，除了为物质奋斗的动力，还有"雨后的池塘"和"会跳舞的树"。陪她们长大的时光，我只愿自己的心更静一些、更净一些，去和她们一起逐蝶寻溪，轻嗅一朵蒲公英的清芬，倾听星与星的呢喃，去沐浴世间万物灵性的清辉，月光下行走成一径花意盎然的诗行。

附录　和你一样，真的喜欢

这些年，那些事

狄方方

小城说大不大，说小也不小，如果无缘，也可能一辈子遇不着。最早知道慧慧，是很多年前在济源作家协会年会上听到她的名字，知道她在《女友》上发表过文字。当时，我便把这个名字记到了心里。细细品味她的名字，"慧慧"读起来与沈从文《边城》中的名字"翠翠"读音相仿，叫人心中百转千回。兼之姓酒，更让人如饮蜜酒，忍不住猜测：可是一个让人见之难忘的聪慧女子？

没多久，听说她嫁给了卢虹播，成了济源文学圈的一段佳话。卢虹播与卢虹燕兄妹，也是圈里比较优秀的文学青年。三人的名字常常一起出现在《济源文学》或比赛获奖名单之中，令人莞尔。

后来，她添了两个千金，我也育了一子，各自为生活奔波。两人居住的小区近在咫尺，见面的次数却屈指可数。但是我却记得她一家四口于绿草茵茵中幸福合影的情景，记得她在花前驻足凝视的神情，记得她在采风活动中欢喜的投入。

大部分时候，我们住在彼此的 QQ 好友及微信朋友圈中，温暖相望，以文字相交。

前段日子，读她的《一次迟到了21年的记忆提醒》，让我想起自己这些年所走的那些路，那些有关于读书、关于写作的往事，忍不住热泪盈眶。如果不是慧慧的这篇文章，我可能会忘记很多事。忘记自己也曾在人群中，用一种美好的心情去看待写作路上的前辈，憧憬着有一天会相逢。多年下来，有些文友竟然也慢慢从慕名到见面，从认识到熟识，从相识到相知，最后成为文友、书友，一路同行。

其中也有不少动人故事。诗人李晃，曾是我青春期时一个特殊的符号，后来成为文友。虽然素未谋面，却并不陌生。我一路关注乔叶的小说创作，直到有一天见面，告诉她我读《我是真的热爱你》时的瞠目结舌。我在葛道吉老师推荐下读了李洱的《应物兄》，分析了他获得茅盾文学奖的可能性，甚至还梦见他获奖了。后来几次见到李洱，我追着问"芸娘是不是应物兄的精神偶像和暗恋对象""应物兄是不是没有死"等问题……

我时常在想，如果我在18岁遇到葛道吉、袁利霞、陈同枫老师谈文学，我会是什么光景呢？如果我见过北岸老师，对写作会有什么领悟？如果我那年去见了二月河，文学路又会有什么变化？

我想，我之所以是现在的我，和我的际遇与机遇有关，和我的天赋及努力程度有关。我走得这样慢，是因为我边走边看，不停衡量我与目标的距离，导致我垂头丧气，走走停停。

不管别人走得快慢如何，我总得按照自己的节奏来。只要走在这条路上，我就有机会见到我曾仰望的人。我回头望时，才发现有些人已经离开了这条路，而我还走着。而我当年曾经觉得遥不可及的目标，竟然有些实现了。

人生路上，总得像小马过河一样，下水走走看。与慧慧共勉，也向慧慧学习！

狄方方，女，河南省作家协会会员，著有个人作品集《花事》、小说集《千万别说我爱你》。

和你一样，真的喜欢

任芳

2020 年初，一场席卷华夏的疫情，禁足了所有人。居家的日子，一边疲于应付家务，一边密切关注疫情发展，一度情绪压抑得不能自已。

1 月 31 日央视早间新闻后，一段"武汉伢"的忧伤音乐让我失控，泪水夺眶而出，奔进卧室痛哭一场，然后写下《搭把手，就过了》一文。现在想来，着实不够冷静。以我 47 岁的年龄和阅历，本应稳重老成，遇事不慌不乱，而我却不是，内心始终带着不甘，存着冲动，还有些幼稚和固执。这些特质，或许与我喜欢文字、追求完美、爱瞎折腾有关，我给自己找理由。直到几天后，在济源作协的公众号"济水源"上看到《愿我以素为美，不负你笑颜而归》，文字优美，思维清晰，视角独特，立意深刻，面对疫情，从容不迫，淡定而理性。我认真看完，心绪平静，呼吸顺畅，觉得世界都安静了。"酒慧慧"，我记住了作者这个充满灵性、温婉如月的女子。

恰好，我开的小店，在慧慧居住的小区门口。通过另一个朋友箫琴，

208

很快添加了慧慧的微信，交流不多，却合心意。那几天，我每天留意来往的客人，猜想哪个会一袭棉麻衣裙，款款而至，温柔低眉，道声"嗨，你好"，抬头四目相对，会心一笑。终一日，帘起处："任芳姐在吗？"我蓦地抬头，一个女子黑白格子裙，皮肤白皙，眸子清澈，浑身上下散发着温暖。是的，温暖，和慧慧在一起的感觉，就是温暖。她身边站着一大一小两个小天使，安静乖巧。"小玉米、小豌豆。"慧慧轻声细语叫着两个女儿的名字。呵，没有比这更可爱的了吧？我的心也变得轻柔起来。

正好接下来"农行杯"文学助力脱贫攻坚采风活动的两天里，和慧慧结伴同行，又对她多了一些了解和认识。一大早我还懒着，就听到窸窸窣窣的声音。"去拍露珠呀！"她是那么热爱花间的蜜蜂、草尖的露珠、枝头的杏果、河底的卵石。每到一处，总看到她拿着带微距镜头的手机，认真的模样，照片也很有专业水准。我知道，她是真的喜欢，才会如此认真。

纤纤素馨，娇俏可人，亦有家国情怀。采风回来无几日，慧慧就写出了一组扶贫诗作发在"济水源"上。初学写诗的她用词娴熟、清新、精致，令人惊讶，令我钦佩。每每以各种借口理由搪塞写作时，其实是我爱得不够。慧慧有需要按时坐班的工作，老公在乡镇上班，还带着两个孩子，竟勤奋地累积了那么多作品，包括诗歌、散文、摄影等，每一个都满怀激情，认真成就。我一个小小的店，就打乱了生活节奏，其实是我心浮气躁。诞生一枚咸鸭蛋的花溪水，奋斗奔流不止的青萝河，晕着浓淡相宜、写意图案的蓼蓝草木染织布，在慧慧笔下，充满了生命力和诱惑力。她的眼里，玉川大地处处诗意。

忙碌的日子里，稍有空闲我就翻看她的文字。一步步走近，静听花笑嫣然，雨落轻轻；闲看云卷云舒，蜂蝶对吟。而慧慧，就是那个着纯棉衣裙，踏着晨露，沐着清风，嗅着蔷薇，对着光影、云朵、雨荷、蝴蝶吟诗赋词，时而安静，时而活泼，时而欢喜，时而淡淡地忧伤的，精灵一样的女子。我随着她的文字寻诗、寻梦，寻找曾经失去的自己。

母亲，是世界上最动听的称呼。但是她却失去母爱多年，内心深处有一根不敢触碰的刺。她也写在诗中："她说要送个礼物给我，捧出的盒子里有串珠和手链，还有小卡片。那些她以为的最好，像我听过的叮咛，那般繁密，又像五月的雨，把盒子淋湿。"母爱是絮叨的，给女儿的都是她认为的最好的，收藏在陪嫁的箱子里。父母在，人生尚有来处；父母去，人生只剩归途。"我也准备了很多礼物，还要准备一个不怕潮、不怕暗、不怕腐烂的盒子装起来，埋进泥土寄给你"，读到这里，心有凄婉，与母亲交流，只剩一抔黄土，托物寄情。"我抱了盒子一下，你收到后，也抱抱盒子好吗"，泪盈眼眶。母亲，女儿多想和您拥抱一下，带着温暖，用尽力气，手臂环着您的腰肢，鬓丝蹭着您的脸颊。地上地下，我们共有的，只剩一个盒子，你我都抱一下，即使不在一起，也会有心灵感应吧？夜里，入梦可好？

给两个天使女儿的组诗，记录了成长的点点滴滴。"摆花朵"，摆出了微粒和星空；带着孩子听各种美好的"轻的声音"，告诉她们人生路上也会遇到不和谐的音符；人生无完美，"小满"、缺失即美，中庸即美，世间万物，尽最大努力，求最好结局，一切都是最好的安排。

慧慧有心，眼里有爱，文字空灵优美，感情细腻丰富，字如其人，柔软却磅礴。我，真的喜欢她。因为，我和她一样，单纯地喜欢，在文字里游弋，像鱼一样自由。

任芳，笔名浅秋。河南济源人，爱生活，爱文字，愿和你一道在文字里感受温暖和力量。

210

你喜欢写，我喜欢看

李化敏

我和慧慧相识在初中一年级，但没认识之前都通过老师对彼此的名字如雷贯耳。我听说她作文写得好，她听说我学习好。也许从那时起，就注定了我们作为闺密一生的缘分。

2020 年 5 月 23 日，她在她的公众号上发了一篇《谢谢你，我的向日葵女孩》，发到同学群里，说是让大家猜猜这是写给谁的文字。同学们一看标题就都说是我。本该是喜悦的事，我却突然掉泪。虽然我们都忙碌着，作为多年闺密，并没有很频繁地见面，但是她却一直记得我们之间的一些小事情。看她心中住着一个这么完美的我，我百感交集，竟一时语塞。

那篇文章经同学们转发后收到了很多人留言，也在朋友圈引起了大量转发。我的家人、同事看到后都说她写出了一个生动、形象的我。虽然她很少说出口，但是她却一直住在我心里，那么懂我、理解我、关心我，用无声的行动支持我、激励我。

不久后，慧慧参加"农行杯"文学助力脱贫攻坚活动采风时，我们在工作场合偶遇了一次，又一次见证了对方的忙碌。过了没几天，就看到她写了一组扶贫产品的诗发出来，又引起我很多感慨。

"一枚咸鸭蛋的品牌名／像一首诗的起始或收尾／婉转淌来曼妙和情意／邀一枚来我的舌尖做客／诗就住进了我心里"……一枚咸鸭蛋在我的面前，我就考虑它是搭配土豆丝还是出品豆腐羹，而在她的眼里却可以这么诗情画意。

她勤奋，公众号更新很快，每次看到她更新文章都是先点收藏，等到一天静下来的时候才拿出来对她的文字细细品读、慢慢品味……生怕漏掉她的一个字或者标点而影响文章的美。

她有时候会困惑文字风格并不是被所有人认可。她写轻灵、含蓄的诗句时，会有一部分人说看不明白；但是总是写质朴的语言，她又感觉没有突破。于是我告诉她，不要刻意迎合别人，遵从自己的内心，偶尔换换风格是个新鲜，最终还得回到自己的本意。

她总是说我懂她，我只能说是她最愿意向我坦诚真我，我收下了也珍惜着这份信任，并且愿意陪她一直走下去。

陌生人如果只读她的文字，可能会觉得她是个十指不沾阳春水的小仙女，实际上她是个坚强、坚毅又坚韧的二娃妈妈，大宝5岁，小宝2岁半，爱人在山区乡镇工作，自己还要上班。我能想象得出她既当爹又当妈、大事小事一肩扛的艰辛，但是她满怀一颗爱生活、爱学习的心，眼里有光，心中有爱，目光所及皆是美意。

应大家要求，她后来写过几个同学，一个个人物都是那么温暖，她的心里一定藏着一颗太阳。她说我是她心中的"向日葵女孩"，我则在朋友圈称她是我"最最亲爱的小伙伴"。我多次在朋友圈转发她的文字，我是多么希望我的朋友们都静下心来品读她的文字，定能让你心如止水，品味生活的美好，让你一路向暖，岁月从容。

慧慧一直用一篇篇文字记录下她和我们青春的一段段美好。我只想说，加油吧，我最最亲爱的小伙伴，正好你喜欢写，我喜欢看。不管你写什么，我都是你忠实的读者。相信你会从文字里抵达你想去到的远方，我也会让你的文字陪着抵达越来越丰盈的自己。

　　李化敏，河南济源人，明媚向暖、喜做美食、热爱生活，系《谢谢你，我的向日葵女孩》主人公。

我眼中的慧慧

宗志霞

慧慧，一个好听的名字，是我在作协认识的一个文友。读慧慧的文章，如果不认识她本人，会觉得慧慧是一个江南女子，她的散文文笔细腻，语言优美，充满柔情，有时候甚至觉得"美得发腻"，很有文艺范儿。其实和慧慧接触多了，才发现她既有江南女子的秀美，又有北方女孩的热情。最主要的是她有一颗美好的心灵和一双善于发现美的慧眼。

生活中的点点滴滴在慧慧的眼中都是美的，家乡济源的一草一木一落叶在慧慧的眼中都是有生命的，割舍不掉的乡情在慧慧眼中是有味道的，这种味道醇香而久远，无论走到哪里都让人难以忘怀。

在慧慧眼中，上班路上盛开的紫薇、紫槐，缤纷的落叶都是那么的灵动妖娆。建设工地上的建筑工人、道路美容师的环卫工人，还有文明城市创建的志愿者们，都会成为慧慧笔下描写的对象，成为慧慧镜头中最美丽的精灵、最美丽的城市形象。还有济源的四季，清新的春、安宁的夏、斑斓的秋、禅意的冬，在慧慧的眼中又是那么的多姿多彩。

214

为了更好地写出、拍出家乡的美，慧慧先后报了多个美文写作培训班、视频制作和摄影画意后期制作培训班，用各种方式不断来充实自己、丰富自己。宛如童话小镇的牡丹园，丰收十月的承留花石村，世纪广场的落叶缤纷，万洋湖的粉黛，王屋山的巍峨，清趣园的荷花，老家坡头清涧村、毛岭村、马住村、大庄村的新农村建设，黄河里飞出的朵朵浪花，青萝河里流淌出的山里人的幸福，市区的一介书屋和厚海茶业表现出来的生活态度，等等，一个个精美的视频走进我的视野，一个个动人的故事在我的耳边回响，一个个美不胜收的景色让我有了想去看一看的冲动。

　　一个个村庄、一行行白鹭，就连童年时候玩耍的狗尾巴草在慧慧的眼中都是那么美丽，她又勾起了多少人最美好的童年回忆！美丽乡村，家乡济源的山山水水、一草一木在慧慧眼中又是那么的诗情画意。

　　慧眼识美，慧眼看家乡。慧慧用自己的才情把家乡无处不在的美来传播、来颂扬。无论是文章还是视频，还有视频里的文案、配音，慧慧都以美为旨，从心出发。一个个有情感有温度富有感染力的视频，一发出来就收获了大量的网友点赞和转发。而精美视频的背后，慧慧又付出了多少汗水和辛劳！为了能够把视频配音读好，她能一遍遍地练习，直到满意为止。

　　无论是写文章还是拍视频，慧慧认真记录的坚持、求知若渴的学习态度、积极上进的心态，尤其是对生活对家乡的极度热爱，都在感染着我，感染着周围的人。

　　慧慧，一个在字里寻诗，传播济源美景的聪慧女子；一个在自然里行走，轻嗅草木气息的灵气女子；一个在美好里静思，悄悄惊艳时光，兰心蕙质的女子。

宗志霞，河南济煤能源集团公司政工部部长，济源作协会员。

棉做的时光，染黛墨三分韵

林陌朵

七月，凤仙花开，恰好可以染胭脂。这闲情是我这般女子常做的事儿。抱只竹篮，蹲在花前，摘了满满一篮粉红的玫红的紫色的花瓣，坐在地上一朵朵地揉碎。至于捣汁，那是黛玉宝玉的丫鬟们做的事儿，而我，只需取得喜欢的颜色，直接涂在指甲上，或是把揉碎的颜色掺了粉底，晒干，便成胭脂。当然，这样毫无消毒工序的作品，我自不会真涂到脸颊上。

喜欢它的颜色它的质地，喜欢它女儿样的水漾心肠，喜欢这捣弄的过程。那是要一份细细的心思与心无旁碍的空灵来做的事。

昨天去野外，那家凤仙花开得正艳，偷偷摘了几朵坐在草地里慢慢地涂。阳光暖融融爬在裙子的棉布里，这日子，就涂了棉布的温暖色彩，忽而想起一个暖暖的女子来。

那时她叫薇安晴天。安妮宝贝的《告别薇安》，一日兴起买了来，没看几页便置诸书架一隅，对于这个女子的书，并不怎么喜欢。薇安这名，

216

亦并不知其有何深意。之于文字，我是挑剔得厉害。千篇一律的情感文字早疲于阅读，一个套路一个模型，闭着眼都知道是怎样堆砌出来的。

某一日读到薇薇的字，顿觉出别于人的文采，竟然一气儿读了下去。别人说文人相轻，我说文人相惜（且让我矫情地自称一把文人吧）。从此在博客里多出的一分留恋，便是因了这个女子。有时，她更名唤自己黛墨倾晴，但仍爱叫她薇薇。暖暖的阳光的味道。正如她的文字的美好，韵味尤深，文学性生活性通俗性，薇薇的字可以方方面面皆工。她说早关注我了，只是当时我并不识得她，如我这般在人情方面慢热之人，自然需多看几眼方觉熟悉。

交集其实不多。相谈也是数言。喜欢与懂得，就在这份若水的淡然里渗透漫延。就像真正的老友，不需要时时联系，但彼此心里会偶尔想起，如潺潺溪流越过万水千山后的宁静，流淌着久远而平和的牵念。

有时，我以为她是睡在我砚台旁的红笺。在光阴手指之外以优雅的姿态等待黛墨的亲吻。有时候，她又似生活中现实里的真实的女子，穿着民族风的裙子摆弄时尚的风情。若说如玉温婉，或说似墨匀宣，她的秀外慧中总令人觉出恰到好处。

一直不太待见过分张扬的女子，有时候过分表现只因内里的空虚。虽觉偏颇，实亦如此。一个女子最珍贵的，是才气逼人性情内敛。薇，恰是。这方是对她生出珍惜之意的根源吧。

有人用了一生，没有找到人生；有人找到了人生，累了一生。有些人活了一辈子，没有一个知己，尽管自认为朋友遍地；有些人孤来独往，却时有三两知己，喝酒写字，快意生活，享受被人一辈子牵挂的幸福。

薇薇，什么时候相聚一场，跑马文字江湖，快意指尖长剑，将岁月销得棉质般贴心温暖。

七月，我是在凤仙开得艳丽丽的七月，想起七月生的你来。下次相逢时，记得提醒我，把凤仙的胭脂涂上你舞蹈文字的指尖，和这段淡淡花香的缘，来一场不尽不休的牵手。薇薇安，有晴天。

锦年如棉，予人温暖，黛墨只需三分，便成韵味。如友情，君子之交淡若水；如画帛，留白之处七分味，任君思想遨游。与薇之情，亦如斯。

林陌朵，有声书演播者，曾用名琴瑟玉颜。曾居蓉城，后旅居西藏。行文飘逸出尘，眉目清扬婉兮。

你是世间的灿烂阳光

杨杨

机缘巧合下通过一篇公众号文章认识了慧慧，没见面却觉得很近，或许这就是人们常说的同频吧！

我唤她酒酒。

她写的关于杨千嬅的一首歌开始了我们的友谊，我是那种笃定"白天归顺于生活，夜晚臣服于灵魂"的人，但慧慧的出现让我发现原来热爱生活的人是这样活着，可以让灵魂与生活融为一体。

看着一张蒲苇的照片，我们可以从芦苇聊到芦荻聊到蒹葭，我随即的一句："水滨多芦荻，秋日开花。"她就特意去查找并告诉我她拍的是蒲苇，这么认真的样子是该有多可爱。

生活不是风景画，不会永远阳光灿烂。认识慧慧时我刚好在产假期间，每天的鸡毛蒜皮充斥着生活，常常手足无措，每天都在害怕产后抑郁的恐惧中度过，那种无助与无奈无法言说。闲聊时慧慧提及自己带孩子的过程，于是我再一次慢慢地看了她的文字，感慨能把一地鸡毛变成诗的人才是生活的强者。那么困难的过程她却能如此坦然，拍照、写文的同时，陪伴孩子她也从未缺席，她坚持的亲子阅读让两个女儿也常常说出诗意的语言。在她的字里行间我看到了美的样子，看到了生活的希望，那里常常花开半夏、阳光灿烂。

我并不悲观，可我其实也是怯懦的，我常常会把自己拍的一些照片发给慧慧，她总是很认真地回复我，告诉我很美。每每我都会被感动得热泪盈眶，很久，已经很久没听到这样的话了，在生活的捶打下已看不到希望之时，慧慧那快乐忙碌的生活、那双发现美的眼睛使我看到了人间值得。光照着的地方是那么的美好，能让别人重新燃起希望的人，是自带光芒的。

她写的文章我都细细看过，她的诗我都慢慢品过，她眼中的济源在我看来也"美得发腻"，让人心生向往，"琴棋书画诗酒茶"是我看到的她的样子。

她说：其实每个人的生活都有不幸福，不过我感觉心情变了以后生活也变了，好事一个接一个。

她常说：我就是来送温暖的。

她常说：感恩一路陪伴支持……

近来她很是忙，参加读书会、拍素材、做视频、写文案……

酒酒，这样的你，让我很是感动也心生敬佩。

你就是一道灿烂的阳光照进了我的世界，让我期盼春暖花开走进阳光灿烂的世间，看你分享这世间所有的辽阔。

（谨以这简短的文字，记下我眼中相识不久的酒酒，愿你永远美好，岁岁照海棠。）

杨杨，湖南凤凰土家妹子，喜欢看优美的文字，喜欢有光照进的生活。

后记

　　本书收录的文字，有的以"薇安晴天"的名字发表在新浪博客上，有的发表在《济源日报》副刊，有的发表于一些期刊杂志，有的已悄悄在电脑文件夹里蒙了尘。当出书的想法越来越清晰的时候，就特别想让它们都出来再见见我，也见见每一个同频的你们。

　　其实很惭愧说自己热爱文字。上小学起就跟很多人说过喜欢写作文。可是一路上学、工作下来却都没有把文字坚持下来。2011 年在博客写字的那一年，写了 5 万多字。2012 年至 2019 年底是我荒芜文字的时间。家庭琐事、生孩子是一方面原因，还有另一方面原因是自我否定。总觉得自己的字没有价值，比如有一次参加济源旅游局组织的济源山水征文，《锦水汤汤　眷眷不诀》获得了二等奖。去领奖当天，我一方面喜悦着终于有一次自己的文字得到认可，另一方面困惑着坐在我旁边的其他获奖者说看不懂。

　　一直以来我都说自己喜欢轻盈含蓄的文字，自知文化底蕴尚浅，不敢奢求文字能为人指点迷津，只希望有人看了以后能隔着文字与我会心一笑。这些"不懂"的反馈，是因了自己的表述不清，还是过于含蓄的表达无法吸引同频的思想？难道真的没有意义吗？让我止步很多年。

2020年2月因疫情宅家的日子，和女儿一起听书，听着听着就有了很想把自己的想法变成文字的冲动。3月开始在公众号上写散文和诗。写作过程也从以前的一篇文字要思考很久变得很流畅。一般是每天晚上孩子睡觉了以后闭着眼睛构思，再拿着手机用语音输入的方式记到记事本上，第二天复制到电脑上。文字内容从看过的花木到结识的人物，很多时候在上班路上，眼前也会飘出一些诗词或者新句子，越来越接近自己想要的诗意生活。

2020年3月起，参加了两个网络摄影课堂，每天都要打卡拍摄、修图，也生出很多感想，然后形成《当我的诗情遇到你的画意》《我送给世界的"特别的时光"》等文章，吸引了很多同频的文友在评论区说喜欢。很多人留言说写出了他们的心中所想，有几个新朋友通过评论或者私聊说写得"清新灵动""太惊喜了"。慢慢开始对自己的文字有了一些自我肯定。

于是渐渐懂得，写作过程中遇到同频的人真的很重要。但是就算没有掌声，也还是会坚持写下去。因为，这个过程是在字里寻诗，让自己《在花朵最美的名字上百转千回》，是《把春天走成诗经》，是要披一身瓷月光、摘星为灯，在文字里让自己更果敢、更喜悦地去逢着自己更朗逸、更明净的灵魂。

酒慧慧

2021年1月